LA PEINTVRE

PARLANTE,

DEDIE'E A MESSIEVRS

LES PEINTRES

DE L'ACCADEMIE

ROYALE DE PARIS,

PAR

H. P. P. P.

TOLOSAIN.

M. DC. LVII.

A MESSIEVRS
LES PEINTRES
DE L'ACCADEMIE ROYALE
DE PARIS.

MESSIEVRS,

Quoy que ie sçache que ie ne suis pas moins temeraire de vous dedier mon Ouurage, que i'ay esté hardy à l'entreprendre; ie ne desespere pas neantmoins que vous ne luy fassiez vn accueil fauorable, sur l'asseurance que ie vous donne qu'il n'a desiré d'estre veu de vous que pour vous tesmoigner mon respect. Ce n'est pas, MESSIEVRS, que i'aye creu vous pouuoir descouurir de nouuelles graces, elles vous sont toutes connuës; & i'ay trop de connoissance de mon peu de sçau : (que l'ignorance du Grec & du La-

tin deffendra touſiours du blaſme de Pedan-
terie , & rendra excuſable d'vne infinité de
defauts) pour pretendre autre choſe de voſtre
Auguſte Academie, que l'honneur de voſtre
protection. Ie ſçay que bien que ma Peinture parle , elle ne ſçauroit eſtre fauorablement
eſcoutée de perſonne, ſi elle ne l'eſt premiere-
ment de vous : l'eſtime de Monſieur Pouſſin
luy a donné veritablement l'eſtre , mais la
voſtre , MESSIEVRS, luy donnera le bien
eſtre ; & ſi vos oreilles delicates ont la meſme bonté qu'a eu ce Heros, de ſouffrir la
dureté de ſes accents , & de ſes paroles mal
ordonnées, ie pourſuiuray l'impreſſion de la ſeconde Partie, qui eſt plus purgée : & par ce
moyen, ie ne feray pas difficulté de pretendre
meriter l'aprobation de tout le reſte du monde :
Qui me la pourroit refuſer ſous le tiltre de.

MESSIEVRS,

Voſtre
ſeruite
Peintr

EXPLICATION DES MOTS

ET TERMES DE LA PEINTVRE,

qui se trouuent marquez de Paraffes.

Pag. 1. ¶ CONTOVRS, Ce sont les lineaments (que les Peintres appellent par fois simple traict,) par le moyen desquels l'œil distingue toutes les choses que l'ouurier veut representer, & qui sans ombre & sans couleurs font paroistre sur vne plate superficie, la troisiéme dimention qui n'y est point, a sçauoir la profondeur, ce qu'ils font à l'aide des racourciments, & de la perspectiue. De sorte que les Contours sont le premier Element de la Peinture, & du reste des Arts qui dependent du Dessein. C'est par eux qu'on discerne non seulement les choses tant naturelles qu'artificielles, mais de surcroit la difference des phisionomies, & les passions de l'ame, à la faueur des mouuements exterieurs. Or si les susdits Contours doiuent estre marquez ou non, quand on peint, c'est vn poinct tres delicat : puis que les Venitiens, & la plus part des Lombards les confondent dans le champ, & que les Romains Sectateurs du dessein les affectent ; C'est pourquoy ie renuoye le curieux aux riches Ttraictés de la peinture du Lomasse. Et neanmoins ie diray en passant, que si la lumiere esclaire le corps opaque terminé, plus par derriere que par deuant, il faut que le Contour soit net du costé que la lumiere frape ; ce qui doit estre entendu des corps Spheriques, & non de la plus part de ceux de l'Architecture qui ont leurs bornes (quelque disposition qu'ait la lumiere) nettes & sans cette confusion, ou pour mieux dire, sçauant melange que les Italiens appellent, *Abagliamento.*

Pag. 5. ¶ GVIDOTI viuoit du temps du Pape Paul V. il estoit Peinɾre, Sculpteur, Ingenieur, tres-intelligent aux Mathematiques, versé aux forces mouuantes des Machines, à tel point, qu'il en auoit composé deux en forme d'aisles de chauue-souris qu'il estendoit & resseroit selon la force du vent, & qu'il attachoit à ses espaules pour voler; si bien qu'apres auoir fait la preuue à cachettes en son particulier, il se declara au Pape, & entreprit de voler du Vatican, iusqu'au dela du Tibre, ce qu'il auroit executé heureusement, si la teste ne luy eut tourné de frayeur, quand il se vid au droit du fleuue, de sorte que n'ayant plus le iugement de se conduire, il tomba dans de la chaux destrempée sur le bord du Tibre, ce qui luy sauua la vie : Cette action se passa en presence du susdit Pape, de tous les Cardinaux, & du Peuple Romain, qui s'estoient assemblés à la place S. Pierre pour voir cette merueille. Il fit quelques ouurages rares, tant de Peinture que d'Esculpture, toutesfois il ne se soustint point, & il fut de ses œuures, comme de sa machine. Cét esprit bouillant ne se pouuant contenir, alloit d'vne science à l'autre, comme les oyseaux de l'vne à l'autre branche, & pour estre trop remply de fumées & de vanité, il donnoit tousjours dans les entreprises extraordinaires, qui bien souuent ne luy reüssissoient pas selon qu'il se les estoit proposées.

Pag. 6. ¶ Polions, C'est-à-dire d'excellents Architectes : parce que Vitruue Polion (qui viuoit sous l'Empire d'Auguste, quel les ouurages que nous en voyons encore auiour d'huy furent dediez par ce rare esprit) semble auoir tiré l'eschelle apres soy, pour l'Architecture Reguliere.

Pag. 7. ¶ Dessein, Le mien en cet endroit est de faire connoistre qu'il y en a de deux façons, dont les premiers sont vniuersels, veu que personne n'agit sans dessein, & les seconds sont particuliers, & appartiennent proprement aux Peintres. Le premier est pere du second, & peut estre sans luy, où le second ne se peut tirer de puissance en acte que par le moyen du premier. Le fils a pourtant beaucoup de la ressemblance du pere, comme l'exemple suiuant le fera connoistre. I'ay faict dessein de me rendre aupres de Monseigneur le Prince de Monaco, pour auoir l'honneur de seruir cét Altesse: Voyla le dessein ideal en blot, les parties duquel sont, que ie passeray à Arles, à Marseille,

à Marſeille, de là, par vne pieuſe curioſité à la Saincte-Baume,
&c. Neantmoins il ſe pourra faire que diuers accidents m'o-
bligeront de prendre vn'autre route qui ſera plus incommode,
(ce ſont les eſtropiemens deſquels nous parlerons.) Si i'arriue à Monaco le Deſſein ſera acheué, quoy qu'imparfaictement
eu eſgard à ce que ie me l'eſtois propoſé: Voyla ce que i'entens
pour Deſſein vniuerſel, d'autant que tout le monde eu a de
cette nature, quoy que pour des ſujets differents. Ou le ſecond
qui appartient purement aux Peintres, ne peut eſtre executé
que par ceux qui ſçauent poïtraire. Voicy le rapport que ie
trouue qu'il a auec le premier. C'eſt qu'auparauant que le
Peintre mette la main au Crayon, il faut que le premier Deſſein ait precedé, qui eſt l'intention de ce qu'il veut repreſenter,
& en ſuite que le Deſſein ideal de la meſme hiſtoire qu'il veut
faire ſoit tracé au blanc de ſon eſprit auant qu'il le couche ſur
le papier : ſi c'eſt vne fuite en Egypte & que l'Ouurier ait l'intention de la repreſenter à la deſcente d'vne Montaigne, au
paſſage d'vne Riuiére, ou qu'ils ſe repoſent. Chacune de ces
intentions fait vn Deſſein en blot, qu'il faut enfanter par le
moyen des parties qui le compoſent: Si c'eſt la deſcente par la
repreſentation de la Vierge qui porte auec grande precaution,
le petit Ieſus entre ſes bras, tandis que S. Ioſeph conduit la
Mule, & que les Anges leur rendent de bons offices, & les
eſhortent en ce voyage: Les beaux eſprits des hommes ſeule-
ment litterez, peuuent meſmes arriuer iuſqu'icy, touchant les
Deſſeins ideals, Mais ce qui ſuit appartient purement au Peintre, quoy qu'il ſoit ſous la meſme Cathegorie des Idées,) Et
c'eſt l'arrangement hiſtorique des figures qu'on a arreſté de repreſenter, c'eſt-a-dire l'Aſſiette, & les geſtes qu'on leur veut
donner. Apres il faut exprimer ſur le papier promptement,
(afin qu'en recherchant les parties, la belle diſpoſition du total
n'eſchape,) ce qui a eſté imaginé : Et ces premiers Deſſeins
s'appellent Eſquiſs, ou Broüillards, apres leſquels on fait vn autre deſſein, qu'on acheue iuſqu'a ſes moindres parties, & ou
nous eſpreuuons la verité de ce Prouerbe Italien, qui dit (*del
dit al fatto ch'é grand tratto*,) Veu que le plus ſouuent il ne
nous reüſſit pas comme nous nous l'eſtions propoſé, ou des

estropiements & autres deffauts, sont les fouruoyements & autres mauuais accidents qui arriuent à ceux qui ont entrepris
vn voyage, ou autre affaire, sous la premiere sorte de desseins
que i'ay nommés vniuersels, & desquels ie n'ay pas entendu
parler en mes vers, ains de ceux qui sont faits auec du Crayon
sur le papier.

Pag. 7. ¶ CARTONS, ce sont des Desseins aussi grands que l'ouurage qu'on veut peindre à Frais, & pour l'ordinaire, on n'y
fait que les seuls Traicts ou Contours, fort corrects pourtant,
ce qu'on fait sur de grandes feüilles de papier, proprement
iointes ensemble, iusqu'à ce qu'elles fassent la iuste grandeur
de la piece qu'on veut peindre, & de la vient leur nom ; Parce que CARTA, en Italien veut dire Papier : l'Enduite estant
faite par le Masson sur la muraille, de ce que le Peintre iuge
pouuoir acheuer cette iournée, il attache son Carton dessus,
& calque les Contours (qui demeurent imprimez sur l'enduite) auec

Pag. 7. ¶ L'ANTE du Pinceau (c'est le manche) ce que
Pag. 8. ¶ LVCAS CANGIASIO, (ce prodigieux Ouurier pour
la Frais, *duquel il a esté parlé peu auparauant*) ne faisoit pas
le plus souuent. Ce que i'ay verifié à la Façade qui tourne sur la
grand Cour du Palais du Prince de Monaco (le plus rare ouurage qui se puisse voir en sa façon) & où cét Illustre Genois
semble auoir épuisé tout ce qu'il auoit de rare, sur tout aux
deux frises, où i'ay remarqué qu'il ne s'estoit pas serui de Cartons, l'enduite n'estant nullement enfoncée au droit des Contours, ce qui marque la grande promptitude que cét Ouurier
auoit d'exprimer aisement ce qu'il vouloit auec le pinceau, en
quoy il fut esgalé par Iacques TINTORET Peintre Venitien, qui
auoit plustot fait son Tableau que les autres Peintres qui vi-
uoient de son temps à Venise, n'auoient fait le Dessein.
Pag. 8. ¶ FLOVIT, c'est tenir sa Peinture bien nourrie de couleurs, & arrondie qui est le vray moyen de representer la chair
potelée, & proprement ce qu'on dit en Italien *Morbido é Passo.*
Pag. 8. ¶ PASTELS, ce sont des crayons, composez de toutes les
couleurs dont on se sert pour peindre, broyées à destrempe
en y adioustant vn peu de Plastre. On se sert desdits crayons.

pour deſſeigner ſur le papier gris ou bleu, Et la Nobleſſe ſe
peut fort bien ſeruir d'iceux, pour faire des Portraicts colorez
au naturel & autres choſes, ſans eſtre obligez à ſe meſler parmy les huilles. Leonard d'Avince, ſelon le grand Lomaſſe,
excella en cette façon de deſſeigner.

Pag. 9. ¶ Maniere, c'eſt comme le Stille parmy les Poëtes, &
comme ils ſont diuers, les Manieres le ſont auſſi ; De telle ſorte que ie trouue qu'il y a grande relation des Peintres aux Poëtes. Le Docte Lomaſſe fait voir la conformité qui ſe trouue
entre les Ouurages des plus fameux Peintres d'Italie & les
Stiles des plus excellents Poëtes de la meſme nation ; Surquoy
ie diray apres luy que le grand naturel d'Ouide, & la facillité
de noſtre Theophile ſe trouuant aux ouurages du Cheualier
Ioſepin. Le fõds & la vigueur de Virgile, & Dubarthas, en ceux
de Michel Lange : La douceur & l'acheuement de Malherbe,
en ceux du Pouſſin, ainſi pourroit-on comparer ceux du Can-
giaſio & du Tintoret aux vers ronflans, vigoureux & ſçauants
du Pere le Moyne. En vn mot autant de Stiles parmy les Poëtes, autant de manieres entre les Peintres. On dit, Ie cognois
que ce tableau eſt de telle main par la maniere. Vn tel ſuit la
maniere d'vn tel, &c.

Pag. 11. ¶ Bregma, c'eſt le ſommet de la teſte ſelon Albert Duret
excellent Peintre Alleman qui a eſcrit de la proportion du
corps humain, de la Geometrie & Perſpectiue, & qui graua vn
grand nombre de planches, tant de Taille-douce que ſur le
bois.

Pag. 12. ¶ Toscans, l'Architecture ſe diuiſe en cinq ordres
dont le Toſcan eſt le premier, c'eſt celuy qu'on met aux por-
tes des jardins, des caues, & autres lieux qui doiuent porter
quelque peſant fardeau ; auſſi eſt-ce le plus ſolide & le moins
embelly.

Pag. 16. ¶ L'Illvstre Milanois, C'eſt Iean Pavl Lomasse.
Le plus Docte & plus intelligent Peintre qui ait iamais eſté,
comme les ouurages qu'il a mis au iour tant en Proſe qu'en
Vers le teſmoignent, & ſur tout le riche Traicté de la Peinture, Sculpture & Architecture. L'Abbé Hierome Ghilini, Flo-
rentin, l'a placé auec de tres-beaux Eloges au rang des illuſtres

litterés du siecle, où le curieux pourra auoir recours, pour voir
quel estoit le merite de ce grand Homme.

Pag. 16. ¶ L'Anatomie, c'est vne figure de plastre ou de cire,
qui represente le corps humain escorché, ou l'Anatomie ex-
terieure. On la fait pour auoir vne plus nette cognoissance des
muscles & de leurs scituations : Celle de Baccius Bandinelli
est estimée : celle d'vn Medecin Italien, bon Sculpteur, encore
plus ; Et celle que l'Academie de Peintres garde à Rome, encore audelà des precedentes, estant grande comme nature,
aussi fut elle moulée sur le naturel, les Peintres ayant eu per-
mission de ce faire par le Senat, qui leur fit deliurer le corps
d'vn patient tres bien proportionné, sur lequel les Creux furent faits, & ensuite le plastre ietté dans iceux, d'où sortit la figure Anatomique, que le Seigneur Dom Domaso Saltarelli
Prieur des trois fontaines m'auoit proposé de faire modeller
du temps que i'estois à Rome, chez le sieur Nicolo Tornioli
Peintre du Prince Cardinal de Sauoye.

Pag. 17. ¶ Ronde-bosse, est proprement les Statuës destachées
de la muraille, & acheuées de tous les costez, où la demy-bosse
n'a que quelques parties d'estachées du champ. Le Bas-relief
est encore plus plat : & la Basse-taille l'est à tel point que c'est
la Peinture des Sculpturs, aussi nomment ils leurs Tableaux
cette sorte d'ouurages, qui sont tous jours plus ————————

Pag. 17. ¶ Secs, que les nostres, c'est-à-dire plus rudes.

Pag. 17. ¶ Vn Academie, c'est vne figure desseignée conforme-
ment au ————————————————

Pag. 17. ¶ Modelle qui est vn homme que les Peintres payent
pour les seruir en le despoüillant tout nud, & qu'ils mettent en

Pag. 17. ¶ Acte, c'est-à-dire en posture, d'où ledit Modelle ne
doit bouger sans en aduertir les Escoliers qui desseignent
dans l'Academie, d'où leurs figures tirent leur nom.

Pag. 19. ¶ Apelle François, c'est Monsieur N. Povssin la gloire de nostre nation, duquel les plus disertes plumes du temps
ont publié les merites.

Pag. 23. ¶ Parieteavx, ce sont les os du haut de la teste qui sont
separez du basilaire, & de l'os frontal ou coronal par les
Sutures.

Pag. 28. ¶ L'Ovtremer, est vn azur tres fin, & le plus beau que
le Peintre puisse employer, il s'en fait de si riche qu'il couste
au delà de l'or, veu qu'il y en a, de quarante à cinquante escus
l'once : On le tire par vn grand artifice du l'Apis Lazuli qui est
marquetée de petites estoilles d'or, aussi dit-on que c'est la
mere veine de ce Roy des metaux ; Ce qui est croyable, puis
qu'elle a beaucoup de raport auec l'or, & sur tout en ce qu'elle
resiste à l'examen du feu d'où elle sort auec sa premiere beauté.
Voyla pourquoy les Peintres experts font rougir la lame d'vn
conteau, lors qu'ils veulent achepter l'Outremer, & en mettent vn peu dessus, obseruant s'il change de couleur, auquel
cas il est falsifié Ou il faut remarquer, que toutes les pierres d'où
sont tirez les Azurs, se trouuent dans les mines, ou au voisinage de celles des metaux, & que selon l'imperfection d'iceux, les
Azurs qui en prouiennent le sont aussi, quelque belle monstre
qu'ils ayent en apparence ; Voyla pourquoy ils deuiennent li-
uides & obscurs au susdit examen, s'ils sont d'vne mine où il y
ait de Plomb. Si de l'estaing, sandrés: Si de celle du fer, iaune ou
rouge sale : & vert si c'est des mines de cuyure, à cause du Vi-
triol qui y abonde selon les Philosophes Chimiques. De sorte
que la longueur du temps fait sur les Tableaux vne partie des
effects que la lame rougie fait en peu d'espace ausdits Azurs,
ce qui n'arriue point au vray Outremarin qui morgue le temps
& les flammes ; les bons Peintres (i'entens les grands Colori-
stes & qui sont bien payez) en mettent dans les carnations,
pour les rendre plus nobles & les faire tenir. Quelques-vns
l'appellent Azur d'Acre, d'où sans doubte a esté tiré celuy
d'Outremer, parce qu'enciennement cét Azur estoit apporté
d'Acre, ville sur le bord de la mer de Iudée, & que les voyages
qui se font en ces lieux sont appellez d'outremer.

Pag. 28. ¶ La Draperie, est vn terme de Peinture, pour exprimer en general toute sorte d'habits, ou pour les bien faire les
Peintres s'aydent d'vn homme de bois qui est le————

Pag. 28. ¶ Maneqvin, fait par vn tel artifice qu'il plie aux princi-
pales iointures, & pût tres bien seruir pour certaines postures,
mais non pour celles où il faut que le coffre du corps courbe,
neantmoins vn Peintre adroit en tire vn grand soulagement
pour bien ————————

Pag. 28. ¶ DRAPER, c'est parler en Peintre, pour exprimer qu'on fait bien touttes estoffes, qui peuuent estre acheuées auec loisir parce que l'action estant arrestée, & le Manequin habillé rien ne bouge, si les Vis de fer pressent fort les boules : Il est vray que la grande chaleur de l'Esté est contraire, parce que le bois venant à se restraindre les boules tournent quelque-fois d'elles mesmes, se trouuant au large : Voylà pourquoy le Peintre doit estre commode pour auoir les choses qui luy sont necessaires, à sçauoir vn lieu humide pour l'Esté, & vn chaud pour l'Hiuer. Lieux escartez & solitaires, afin que par la distraction des visites, il n'interrompe son estude : Ou auant de commencer son ouurage, il doit conferer auec ceux qui sont entendus en la Peinture, pour voir si la disposition de son Histoire est noble, & l'arrangement des figures qui la composent tel que l'Art le requiert, & apres auoir examiné leur conseil, le prendre s'il le iuge à propos (parce qu'il y a bien souuent des enuieux.) Le Dessein estant arresté l'Ouurier doit commencer, poursuiure & acheuer son ouurage en repos, & ne point souffrir qu'on voye son Tableau qu'il ne soit fini, au peril de passer pour fantasque, & capricieux ; autrement il sera contraint d'essuyer mille affronts, mais se dis de si sensibles qu'ils le desgousteront de poursuiure à bien faire.

Pag. 32. ¶ LE COLORIS est vne partie tres importante en la Peinture, les discoureurs mediocrement versez en cét Art confondent le Coloris auec le maniment du Pinceau, & s'imaginent que le bien Peindre fait le bon Coloriste : Ils se trompent pourtant, puis qu'vn Tableau peut estre bien peint de blanc & noir, que nous appellons grisaille, où l'on ne peut pas dire qu'il y ait cette belle partie du Coloris ; surquoy il faut obseruer qu'vn grand maniment de Pinceau est different d'vn grand maniment de couleurs, & qu'vn Tableau peut estre bien nourry de couleurs, & partir d'vn pinceau franc & net, sans estre ny bien coloré, ny bien Desseigné, de mesme qu'il peut estre bien Desseigné ; mal peint, & mal coloré.

Pag. 29. & 34. ¶ CRV, C'est lors que les corps sont allumez d'vn grand jour & que neantmoins l'Ouurier fait des ombres extremement fortes, & qui coupent contre les lumieres, sans cet arrondissement & meslange imperceptible qui cause l'agréement à l'œil, aussi telles manieres de peindre offensent la veüe des spectateurs. Il ne se faut pas mesprendre quand on parle des Tableaux & croire que Sec & Crú, soit la mesme chose; Veu que la maniere seiche est non seulement celle qui a le Dessein descharné, mais qui de surcroit n'est pas chargée de couleurs, le Tableau ayant esté peu couuert de couleurs, auec des stompes (qui sont des Pinceaux esmoussez,) & des brouësses courtes: Ou la maniere crüe peut estre dite telle, quoy que bien nourrie de couleurs, le deffaut prouenant de l'intelligence des lumieres & des ombres.

Pag. 42. ¶ S'ACTIONNER, c'est faire quelque posture hardie & violente: quand les Academistes de la Peinture parlent des Modelles, ils disent vn tel modelle s'actionne mieux qu'vn tel.

Pag 42. ¶ APRES, est vn pur terme de Peinture. Nous disons, cette teste, ce corps, cette draperie, &c. est apres nature, ou apres le Vif, ce Tableau vient d'Apres le tel, cette figure vient d'Apres la bosse, &c.

Pag. 44. ¶ La LACQVE, est vne couleur qui se tire de la tondure d'Escarlate, aussi fait elle vn rouge tres-vif, celle qu'on faisoit autrefois estoit meilleure que celle qu'on vend presentement, aussi les Escarlates estoient plus viues & moins communes, l'auidité du gain cause tous ces desordres, puis que le desir de s'enrichir tout à coup, fait que les hommes ne donnent plus à ces marchandises que l'apparence de la bonte qu'elles ont eu autrefois.

Pag. 44. ¶ RESSENTIS, les Peintres vsent de cette façon de parler pour exprimer qu'vn corps est fort musclé ; & quand lesdits muscles ne paroissent point, ils disent, il n'est point ressenti (parlant du Modelle) ou si au contraire, il a les muscles ressentis, &c.

Pag. 47. ¶ LES VERTEBRES, ce sont les os qui descendent depuis la nuque du col sous les pariereaux iusques au cropion.

Pag. 58. ¶ GVIDE RENI, Bolognois (disciple des Caraches) le plus fameux Peintre Italien qui ait esté de son temps.

ADVIS DE L'AVTHEVR

AV LECTEVR.

CHer Lecteur ne t'estonne pas
Si mon stille est mol & bas, *trop*
Il suit le train de la Nature;
Comment seroit-il acheué
Riche, pompeux, & RELEVE'
Si ie ne suis instruit qu'en la PLATTE-PEINTVRE.

A VN CHETIF PEINTRILLON QVI VOVLOIT CRYTIQVER SVR LES PROPORTIONS DV CHEVAL, INSERE' DANS LA TRADVCTION DV PREMIER LIVRE DV LOMASSE.

SI ie t'eusse pris pour Modelle,
Mon Ouurage seroit moins mal;
Car pour estre vn parfait Cheual;
Il ne te manque que la Selle.

A MONSIEVR PADER,

PEINTRE DE LEVRS ALTESSES DE MAVRICE, DE SAVOYE, ET DE MONACO.

Sur sa Peinture parlante

L'Oracle a dit à l'Vniuers,
Que qui sçauroit joindre ses vers,
Au Portrait que sa main façonne ;
Seroit esleué dans les Cieux,
Qu'il s'assoiroit auec les Dieux
Et prendroit part à leur couronne.

Grand PADER, voy quel est ton sort ;
Tu ne dois point craindre la mort,
Les Dieux ne l'ont iamais connuë :
Prens rang parmy les immortels,

Ie te vay dreſſer des Autels,
Et t'éleuer vne Statuë.

Ta belle plume & ton Pinceau,
Font vn prodige ſi nouueau
Qu'il ſurprend toute la nature :
Si Promethée anime vn corps,
Tu donnes la vie à des morts,
Et la parole à ta Peinture.

Deucalion euſt tant d'enfans,
Qu'ils remplirent dans peu de temps,
Toute la Campagne & la Ville :
Et l'on verra tant de Pinceaux
Copier tes diuins Tableaux
Qu'vn ſeul en produira dix mille.

Par ſon tres-humble ſeruiteur,
B. R. D. R.

SVR
LA PEINTVRE PARLANTE,
EN VERS DE Mr PADER.

*Q*V'ON *ne me parle plus d'antique,*
Laissons-là ces vieux monumens,
Des Phidias & des Bramants,
Les modernes leur font la nique;
Depuis que dans cét Vniuers
Il se rencontre des Paders,
Qui pour égaler la Nature,
Sçauent donner l'esprit aux Vers
Et la parole à la Peinture.

ANAGRAMME SVR Mr PADER.

HILAIRE PADER
PAIR DE LA HIRE.

*N*E *fais plus HILAIRE PADER,*
Tant de Regrets pour DE LA HIRE,
Puisqu'à Tholose l'on peut dire
Que LA HIRE a trouué son PAIR.

AVTRE.

HILAIRE PADER PEINTRE THOLOSAIN,
EN TOY LA HIRE A TROVVE' SON PAREIL,

EN France auec raison le Dieu de la Peinture,
Auroit la larme à l'œil,
Si l'Illustre la HIRE, auant sa sepulture,
En toy, braue PADER, n'eust trouué son pareil.

Par son seruiteur, TAGNIER.

A MONSIEVR,

Monsieur PADER Peintre & Poëte.

PADER fait sortir du Tombeau,
Par les effets de son Pinceau,
Tous les secrets de la Peinture :
Elle parle & déçoit nos yeux,
Enfin on doute qui fait mieux,
Ou PADER, ou Nature.

BERTRAND MOLLEVILLE.

POVR MONSIEVR PADER
Peintre excellent.

SOIT que *PADER Ecriue ou Peigne,*
  Sans doute il ne faut pas, que ce grand homme
craigne,
    Que son grand nom meure iamais,
Ses riuaux les plus fiers luy cedent desormais,
    Malgré l'ennuy qui les consume;
Apres ses beaux portraits, on ne voit rien de beau:
    Et son admirable Pinçeau
    N'est égalé que par sa Plume.

B. T.

A MONSIEVR PADER.

TES *Ennemis iettans les Yeux,*
  Sur les beautez de ton ouurage,
Creuent, & d'enuie & de rage,
Mais quand on fait des enuieux
PADER, on a tout l'advantage.

C. D.

A Mᵉ PADER SVR SON TABLEAV
du Bien-heureux Cesar de Bus.

PADER, t'on delicat Pinceau
Ne couche rien qui ne soit beau ;
Tes traits sont tous de Mᵗᵉ & nous le pouuons dire,
Tes traits sont les seuls traits que tout le monde
PADER, ie te le dis sans fard   (admire.
Toy seul triomphes en ton Art,
Tu surpasses Appelle, & tu le fais comprendre,
Ayant peint vn Cesar qui surpasse Alexandre.

AV Sᵗ PADER SVR SON TABLEAV
de l'Abraham qui chasse Agar.

AGAR ne pleurés plus, faites cesser vos larmes,
Que l'eau cede sa force aux Soleils de vos Yeux,
Le tresor de vos pleurs nous donne mille allarmes ?
Pourroit-t'il pas gaster ce trauail precieux.
Mais toutesfois pleurez, pleurez belle affligée,
Vos larmes laueront les taches du Tableau,
La plus faible couleur n'en peut estre changée :
Car la Peinture à huille est plus belle dans l'eau.

Par H. P. P.

F I N.

LA PEINTVRE PARLANTE,

DV SIEVR PADER.

DIALOGVE.

Le fils **M** ONSIEVR, *si ces* ¶ *Contours dés le commencement,*

Me font voir que ie fais si peu d'aduancement,

Si ie suis déja las & n'ay fait que portraire,

Si ie trauaille tant à suiure vn exemplaire,

Qu'elle sera ma peine à mesme que les Ans

De mes difficultez se rendront partisans?

Quel espoir dois-ie auoir de la rare Peinture

Ne pouuant acquerir la simple Portraiture,

Certes ie perds courage, & ces difficultez

Bornent de mon esprit les nobles facultez.

Le Pere. Agreable entretien qui porte dans mon Ame

Les Vigoureux rayons d'vne loüable flame!

Feux qui sous vn bois verd, ne luisez qu'à demy

Raisonnement douteux encor mal affermy,

Il faut auoir recours aux pages precedentes pour auoir l'explicatiõ des mots qui auront la mesme marque. ¶

A

I'attends beaucoup de vous & dans voſtre foibleſſe
Ie trouue vn fort ſoûtien a ma foible Vieilleſſe,
Eſcoute bien mon fils, pour que ton ſpuuenir
Mes preceptes au cœur puiſſe mieux retenir.
Comme tout ce qu'on voit ſe porter à l'extréme
Eſt ou paroiſt mauuais, iuſqu'à la bonté meſme,
Ainſi par les effects de ta timidité
Tu pourrois tout gaſter en cet extremité.
Car ſi la vanité nous offuſque & nous trompe,
Nous tenant abuſez par vne fauſſe pompe,
Le découragement nous fait tomber les bras
Et par de vains ſoubçons retourner ſur nos pas.
Ie prefere pourtant vne modeſte crainte
Par qui la vaine gloire eſt à demy retrainte,
Au faſte ambitieux d'vn temeraire orgueil
Qui morgue le deſtin & ſe rit du cercueil :
Tels Genies n'ont rien qui ne leur ſoit facile,
Au milieu de l'obſtacle ils font leur domicile
Les perils eminents ne les arreſtent pas :
Mais à quoy s'arreſter s'ils ne les voyent pas ;
Les fous & les enfans d'vne courſe indiſcrete
Marchent ſur vne planche & ſimple & fort eſtrete,
Sans craindre le peril qui paroit éuident
D'vn bois demy pourry qui leur pas va guidant
Au bord d'vn haut Rocher, où le Torrent qui paſſe
Au pied roule eſcumant des cailloux qu'il fracaſſe.
   Le F. Doncques la connoiſſance augmente la terreur
Imprimant dans nos cœurs tout ce qu'elle à d'horreur

   Le P. Nulle difficulté l'exemple eſt manifeſte
Soit parceque i'ay dit, ou ſoit par ce qui reſte.

Vn homme accoustumé de se leuer la nuict,
Saute les yeux ouuerts, abandonne son lict
(Les yeux ouuerts pourtant sans iouyr de la veuë)
Ouure tres-bien la porte, & trauersant la ruë
Se iette dans le fleuue, y nage adroitement,
Apres, il s'en retourne, ouure parfaictement,
Clost derechef la porte & reprenant sa couche
Dessus son matheras sans s'éueiller se couche.
Il y va si souuent que deux de ses amis
Le suiuent, & voyans que dans l'onde il s'est mis
L'appellent par son nom de crainte qu'il se noye,
Fatale charité qui chez Pluton l'enuoye;
Puis qu'au bruit de son nom s'esueillant en sursaut
Trouuant son lit flottant soudain son cœur tressaut,
La raison l'abandonne, & sans nulle conduite
Son ame dans son corps se trouue en fin reduite.
La partie Animale alors fait ses efforts
Pour éuiter d'aller au Royaume des morts:
Il souffle à contre-temps, remit l'onde & l'auale,
En sorte qu'à la fin iusqu'au fons il deuale,
Mais vn esprit plus fort qui le fait tourmenter
Sur la face de l'eau le force à remonter
Roulant, pyroüetant, & puis comme vne pierre
Son corps se precipite & descend iusqu'à terre.
   La Naiade qui dort sur son lict de Roseaux
S'esueille par le bruit, tant des voix, que des eaux,
Et voyant ce corps mort sur le sable descendre
S'imagine que c'est quelque nouueau Leandre,
Qui ne pouuant souffrir le brasier de l'Amour
L'a voulu ralentir dans ce moite seiour.

Le F. *A vous ouyr parler c'est la seule ignorance*
Qui nous met à l'abry d'vne ferme asseurance;
Puis que le peril veu, cét homme se perdit.

  Le P. *Ouy s'il eust ignoré le grand danger qu'il vit*
Il s'en fust retourné, puis selon sa coustume
Eust dormy iusqu'au iour sur la laine ou la plume.

  Le F. *Vous m'auez pourtant dit que le ieune aprentif,*
Bien loin d'estre orgueilleux doit estre vn peu craintif,
Et qu'il faut preferer vne modeste crainte
Au faste ambitieux dont vn'ame est atteinte.
Que la temerité ne recognoissant pas
Le danger euident nous sauue du trepas,
Et pour rendre la chose & plus claire & plus ample
Vous m'auez fait entendre & l'vn, & l'autre exemple:
Il faut donc tout oser, & par l'aueuglement
Nager mesme endormi sur l'humide Element.

 Le P. *Tu ne prends pas le biais, ny le sens qu'il faut prédre,*
Mon conseil est obscur tu ne l'as peu comprendre.
La crainte n'exclud pas la belle ambition?
Mon fils ne vois-tu pas la contradiction?
Il faut estre prudent, puis que par la prudence
On éuite le mal mieux que par l'ignorance,
Ignorer le peril ce n'est pas l'euiter,
Les fous & les enfans se vont precipiter,
Quoy qu'on voye souuent que leur folle conduite
En son aueuglement fait quelque reüssite.

  Si cét esprit tout feu, ce Peintre ambitieux
Qui plus fier qu'vn Icare osa brauer les Cieux
N'eust hazardé par l'air sa machine volante,
Il ne fust pas tombé dans de la chaux bruslante

Guidoti, guida mal son esprit & sa main ;
Puis qu'il passa pour fol chez le peuple Romain ;
Il deuoit plus rusé d'vne iuste balance
Peser l'euenement d'vne telle insolence.
Ce Genie excellent ne manquoit pas d'esprit ,
Et pour en auoir trop c'est ce qui le perdit.
S'il eust eu plus de sens & plus de retenuë
Il n'eust pas hazardé son corps sur vne nuë.

   Tu dois doncques mon fils d'vn iugement plus sain
Des yeux de ton esprit penetrer mon dessein ,
Et quittant cét Icare aller apres Dedale
Volant entre deux Airs d'Aisle tousiours égale.
Pour bien Peindre il te faut suiure le naturel
Marchant sur vn chemin droit & continuel.

   L. F. Me faut-il simplement imiter la nature
Pour deuenir fameux en l'Art de la Peinture ;

   Le P. Il la faut imiter, mais c'est adroitement ;
Car il ne suffit pas d'imiter simplement ;
Puis qu'il n'est rien de beau, raré, charmant, & iuste
Qui n'ait quelque defaut, & que l'Art ne l'ajuste.
I'ay dit en peu de mots ce que par quinze iours
On pourroit augmenter d'vn prolixe discours ;
Aussi sur ce Piuot ma machine esclatante
Fera tousiours rouler ma Peinture parlante.
I'ay ietté sur le Roc le ferme fondement
Destiné pour porter l'auguste bastiment,
Superbe en sa matiere, & par l'Architecture
Qui doit seruir de Temple à la rare Peinture.

   Le F. En effell, c'est parler fort laconiquement
De dire, il ne suffit d'imiter simplement,

1.
Temeraire
entreprise
du Guido-
ti.

2.
Precepte
tres im-
portaut.

Et qu'il n'est rien de beau, rare, parfait, auguste,
Qui n'ait quelque defaut, & que l'Art ne l'aiuste.
    Le P. Tu dois croire pourtant & grauer dans ton cœur.
La verité qui luit dessous ce voile obscur.
    Le F. Parlez doncques plus clair, rendez-là manifeste.
    Le P. Ie le veux, comprends donc & retiens ce qui reste.
Si tu veux paruenir à la perfection,

Iette tes fondements sur la Proportion.
C'est le degré premier ou ie veux que tu passes
Pour arriuer vn iour à de plus hautes classes:
Et pour y reüssir ne te figure pas
Qu'il faille abandonner la reigle & le compas.

Sois vn peu Geometre & dans cette pratique
Obserue que son fonds vient de l'Arithmetique,
Dont les nombres font voir que cét Art precieux
Pour ouurir nostre esprit fut enuoyé des Cieux,
Prends garde toutefois que l'excés de ses charmes
Ne t'arrache des mains de plus vtiles armes,
Et si ton soin luy donne vn iour d'attention
Qu'il en consacre trois à la proportion.
Suy le Docte Lomasse, admire ce grand homme,
Puis qu'il sert de conduite aux plus sçauans de Rome,
Et ne m'allegue pas vn tas de Peintrillons
Qui sans Art, ny raison, ne sont que des broüillons:
Vrais broüillons, barboüilleurs de tables & de toiles
Quant bien leur nom fameux iroit iusqu'aux Estoiles,
Imite ce qui peut leur auoir reüssi;
Mais quant à leurs erreurs n'en vse pas ainsi.
Il n'est qu'vn ¶ Pollion, & pour vn Architecte.
On trouue cent Massons enrollez sous sa secte.

        A

Aussi sous l'estandart des Peintres renommez
Quelques-vns au Dessein ont esté consommez
Mesmes quand au dessein, les vns par leur addresse
Ont marié la force à la molle tendresse.
D'autres à qui le Ciel versa le haut Talent
D'vn genie inuentif & resolu, violent,
N'ont manqué d'autre chose en cette promptitude,
Que de la temperer par le poids de l'estude:
Et d'vn raisonnement prudent, sage, discret,
Du Stille plus pompeux attraper le secret.
Tel fut l'habile ouurier, qui nasquit sur la coste
Où le sexe pudique impudiquement flotte,
Où les hommes sans foy, la Mer sans nuls poissons,
Font agir sourdement leurs plus mortels poisons,
Où l'on voit que la terre est sans bois & sans herbe,
Où s'éleue en vn mot cette Ville superbe
Qui d'vn riche ornement fait voir dans ses vergers,
Les Palmes, les Iasmins, & les verds Orangers.
Cangiasio fut le nom de cét Ouurier habile
Dont le Pinceau fecond ne fut iamais debile:
I'ay veu de grands Palais qu'il peignit des deux mains
Sans faire les Cartons, Tiraçant tous les Desseins
De l'ante du pinceau, & presque sans estude
Son Pinceau paroissoit voler de promptitude.
L'escurial de luy tient les corps renuersez,
Bisarres, furieux, l'vn sur l'autre entassez,
Luy qui dans ce caprice espouuantable & sombre
Fait vn grand pelotton de figures sans nombre,
Et parce qu'il n'y fut que deux ou trois matins
On dit que ce trauail fut fait par les Lutins.

6.
Cangiasio
& Tinto-
ret extraor-
dinairemét
prompts
dans leur
Peinture.

7.
Correge
Peintre
autant ex-
cellant
qu'infor-
tuné.

Tel fut du Titien le Disciple admirable
Dont le pinceau ronflant fut presque inimitable,
Car si S̍ Lucas fut viste on dit que Tintoret
Ne luy ceda iamais & qu'il fut plus correct.

D'autres quand au dessein, ont eu l'intelligence,
Plus d'Estude, plus d'Art, & moins de violence.

L'vn fut maiestueux, l'autre fut inuentif,
L'vn trop mol & S̍ Flouet, l'autre grand perspectif.

D'autres pour les Couleurs deuenus Idolastres
Ont cherché des Vernis, des S̍ Pastels, & des Plastres
Non iamais pratiqués & sous ce faux esclat
Ont fait passer pour riche vn dessein assez plat.
Ceux qui font leur Peinture ainsi qu'vne prairie
Sont les plus reculez de leur Cathegorie.

Les Lombards éloignez de tels Iardins fleuris
Paroissent absolus pour le grand Coloris,
Leur pinceau franc & net d'vne force discrette
Charme nostre intellect par sa vertu secrette,
Icy le Ticien & l'Illustre d'Vrbin
Font paroistre l'esclat de leur stille diuin.
Mais sans les offenser, celuy qui sous la roue
De l'aueugle Deesse accablé de la boue
A peine peut hausser & sa teste & ses mains
Surmonta les Lombards & rauit les Romains :
Les malheurs conspirans la fin de sa ruine
Armerent contre luy leur plus forme machine :
Correge corrigeant tous les deffauts des corps
Obligea la nature à de pareils efforts,
Nature le Cœur gros de dépit & de honte
De voir qu'vn seul mortel ses ouurages surmonte,

Par d'imparfaits deſſeins à des parfaits Tableaux
Soûleue lâchement vn deluge de maux,
Mais contre leur attaque, il ſçeut bien ſe deffendre
Et ſortit du Combat comme vn autre Alexandre

Le F. Monſieur faut-il tracer tant de dimentions
Pour deuenir ſçauant en ces proportions.

Le P. Ouy du commencement afin que tu l'entendes
Le F. Et le dois-ie touſiours ?
　　　　　　　Le P. Non qu'aux figures grandes.

Le F. Tant de chiffres ne ſont qu'vn parfait embarras
Qui troublent mon eſprit, & me rompent les bras :
Et croy-ie que la route au Valeureux Theſée
Du Dedale embroüillé fut beaucoup plus aiſée?
Dieu quelle patience à tracer les Hauteurs :
Quelle geheſne à l'eſprit de trouuer les largeurs,
Et quand tout eſt marqué, l'on n'a que l'auantage,
D'auoir mis la figure en fin dans vne cage,
Qui borne noſtre eſprit, & retien noſtre main,
Mettant dans la priſon, le peintre & ſon deſſein.

Le P. Ie parlois comme toy lors que i'eſtois moins ſage :
Et quand ſous le Troyen i'eſcoulois mon ieun'âge,
I'entends le ſieur Chalette admirable aux portraicts,
Luy qui pour les petits redoubla ſes attraicts ;
Mais ie changea de note au moment que le Tibre
Eût changé ma Maniere & ma façon de viure,
I'eſcoutay la raiſon, & pour faire mon cours
Le Docte Milanez s'offrit à mon ſecours.

Le F. Quoy ? ne pourrois-ie pas ſans prendre le Lomaſſe
Me ſeruir du Couſin & le mettre en ſa place.
Le P. Iean Couſin eſt facile & va naïfuement :

Il est vray qu'il procede vn peu legerement,
Et ne donnant en tout qu'vne seule figure,
Ne peut pas nous pousser quant à la portraiture.
    Le F. Pour rendre encore plus forts ces premiers fondemés
Prendray-ie point Duret l'honneur des Allemans.
    Le P. Si Cousin est facille, Albert par sa methode
Pour estre trop correct, te seroit incommode
Son liure est le plus net, plus copieux & parfait
Pour la proportion, qu'autre que l'on ait fait;
Mais ce n'est pas le fait d'vn Peintre qui doit estre
Tendre dans sa maniere & non pas Geometre.
--Remarque de surcroist que la Proportion
--N'est pas le seul obiet de nostre intention,
--Et que si sa doctrine estoit par nous suiuie
-Cent-ans seroit trop peu pour la plus courte vie.
En vn mot, le Lomasse a trouué le vray biais,
Nous ouurant vn chemin qu'on n'auoit veu iamais,
Pour former nos esprits & rendre tel vn homme
Qu'il pourra faire teste aux plus parfaits de Rome;
Outre ce qu'il varie en ses Dimentions
Il ne dit trop, ny peu quant aux proportions;
Et pour nous rendre tels qu'il faut en la Peinture
Clost son premier traicté de riche Architecture.
Par Adam il commence, Eue & puis leurs enfans,
Donnant en trois façons le progrez de leurs ans,
En l'exemple premier qu'il nomme vn petit monde
Du Roy des animaux la belle forme il fonde,
Et sur ce noble obiect de son Raisonnement
Il iette en premier lieu le premier fondement;
Puis de ce corps parfaict (s'aidant de la Musique)

Il presente a nos yeux l'assemblage Harmonique,
Or si le monde est beau par sa varieté
Le Liure du Cousin doit estre reietté.
Celuy d'Albert Duret nostre esprit embarrasse,
Mais le grand Milanez s'y prend de bonne grace,
Puis qu'il n'est pas content de faire simplement
De quinze corps diuers le iuste aiancement,
Adioustant de surcroist que la figure forte
Pour vn puissant guerrier doit estre de la sorte.
Que celle qui contient sept testes de hauteur,
Est fort propre à former l'Illustre Crocheteur
Qui soustient de ses bras & courbe son eschine
Sous l'immense fardeau de la ronde machine.
Celle qui n'a le corps n'y trop bas, n'y trop haut
Pour peindre vn sainct Michel est tout ce qu'il nous faut,
Celle qui du Bregma iusques à la semele,
A Neuf testes, est propre à l'enfant de Semele;
Et comme son aspect est gresle & gracieux
On la peut adapter au Messager des Dieux.
      La premiere qu'il donne aux Chapitres des femmes
Ne produict que des feux, des attraicts & des flames
Mais vn feu qui le cœur de la ieunesse espoint,
Et si le sec papier ne s'y consomme point,
C'est qu'il a du respect pour ce diuin ouurage
Et craint d'aneantir vne si belle Image:
Celle qu'on voit plus gresle & qui bien-tost la suit,
Nous donne vn beau portraict du flambeau de la nuit
Tel doit estre en effet le corps chaste & pudique
De la sœur du Soleil, bien que nuë & publique
      Aux yeux de tout le monde où son ressentiment

Que selō la
nature des
personnes
Il faut chā-
ger de pro-
portion.

Luy fait perdre de honte, & force & mouuement.
Cette mesme figure est fort vtille encore
Pour peindre des neuf Sœurs la troupe que i'honnore,
Ces filles dont l'esprit sans estude m'aprit,
L'art qui de tous les Arts demande plus d'esprit
Ce fauori du Ciel qui d'vne noble flame
Dans les plus froids glaçons vient eschauffer nostre ame.
　　　Les Nymphes des forests & celles qui dans l'eau
Presentent à nos yeux vn liquide Tableau
Ont les mesmes hauteurs ; si bien que leur figure
Nous monstre à mettre au iour leur naïfue peinture.
On peut rendre leurs corps plus petits ou plus grands
Et peindre leur visage en des Airs differents.
Et pourueu que le Peintre vn air fier luy conserue
On la peut adapter à la docte Minerue.
Celle de qui l'aspect est doux & gracieux
Appartient proprement à la Reine des Cieux,
A la sœur de Moyse & d'autres Heroïnes,
Dont le sein eschauffé par des flames Diuines
Dans ce sacré transport ne se peut retenir
De nous rendre presens les siecles a venir.
En vn mot sur la fin la figure moins belle
Est vn modelle exquis pour mettre au iour Cybelle ;
Et par là nous voyons que le suiet moins beau
A ses perfections pour orner vn Tableau.
　　　De plus, Ce fort Genie esleuant sa pensee
Au dessus du plus haut où l'ame est estançée,
Dans le riche traicté de la proportion
Expliquant sa Doctrine & son intention,
--Nous dit que la prudence aux bons Peintres ordonne

--De ioindre autant & plus qu'vn obiect abandonne
De sa iuste grandeur, par son esloignement ;
--Si l'on veut esuiter vn lourd achoppement ;
--Puis qu'à mesme que l'œil s'éloigne d'vne chose
--L'Angle Piramydal dont le Conus repose
--Au centre de la veuë amoindrit peu a peu,
--Tant, que finalement cét obiect n'est plus veu.
--Ce beau miroir viuant merueille de nature
--Qui reçoit dans sa glace vne viue peinture,
Les Colosses plus grands voit presque anneantis
Et par l'éloignement les hauts-monts tres petits ;
-Ses Especes venans si foibles & pressées
-Que l'Angle trop aigu les rend presque effacées :
-Par la mesme raison & les mesmes vertus,
-Lors que l'obiect est pres l'Angle se fait obtus,
-Et rend d'vn petit corps les petites parcelles
-Distinctes par l'effort des vertus visuelles.
En suitte des enfants, il donne du Cheual
Les preceptes hardis d'vn pas tousiours esgal :
Où la noire liqueur qui coule de sa plume,
Par vn prodige estrange en exprime l'escume,
Il l'anime, il le pousse, & d'vne adroite main,
Le trauaille à souhait sans baguette ny frain
Ce fougueux Bucephal franchiroit la Carriere ;
Si pour le retenir il n'eust mis pour barriere
Vn solide rampart de qui le fondement
Sur des Pilliers Toscans s'appuye fermement.

　　Le F. Mon cours estant finy dans la premiere Classe
Pour me rendre parfait que faut-il que ie fasse.

　　Le P. Imiter l'Eternel qui soufla son esprit

Dans le corps du Limon que luy mesme paistrit,
Adam estant formé de cette neufue terre
Qui n'auoit point senty les efforts du tonnerre,
Et dont la pureté n'a rien de détruisant.
Où tousiours la vigueur se va reproduisant,
Où les esprits vitaux sans obstacle s'augmentent,
En qui les Elemens eux mesme se fomentent.
Estoit sans mouuement ; ses yeux n'y voyoient pas,
Ses Pieds quoy qu'acheuez ne formoient aucun pas,
Sa main de tous Outils, l'Outil plus necessaire
Croupissoit sans agir & ne sçauoit rien faire;
Mais comme nous voyons par l'approche du feu
La Poudre s'enflamer, surprendre à l'impreueu
Dans le mesme moment qu'elle nous parest terre
Disparêtre par l'Air, & former le tonnerre,
Lancer vn gros Boulet qui détruit le trauail
De tout ce qui s'oppose à son rude metail,
Ainsi (comme i'ay dit) que la poudre s'enflame
De mesme Adam se meust d'abord qu'il receut l'Ame,
Et le soufle Diuin qui coula dans son sein
Donna le mouuement tant au Pied qu'à la main,
Son œil fut tout surpris de voir tant de merueilles
Et sa voix le charma par ses propres oreilles,
Ce chef-d'œuure acheué parla dés le Berceau,
Et mit au iour les traicts d'vn Eternel Peinceau,
Son Corail animé rendit soudain escloses,
Les paroles d'amour, & le parfum de Roses,
La nature admirable, admira l'Immortel
Et pour loger Adam offrit son grand Hostel.

    Le F. Encore vn coup Monsieur que me faudra-il faire

Pour pouuoir reüſſir en vne telle affaire

    Le P. De la proportion comme du fondement

Il te faudra paſſer dedans le Mouuement,

Et des ſecrets reſſorts que ſon ſecret nous porte

La Figure animer qui s'embloit eſtre morte,

C'eſt icy que Lomaſſe fueille nos eſprits

Qui d'vn peſant ſommeil ſembloient eſtre ſurpris

Portant d'vn ton plus haut les Airs de ſa Muſique,

Il eſtalle les traicts de ſa docte Phyſique

Animant le Limon d'vn iuſte mouuement,

Par le puiſſant effet de ſon Raiſonnement:

C'eſt icy que ſon front d'vn vert Laurier s'ombrage

Par ce nouueau fleuron qu'il ioint à ſon Ouurage;

Dans ce ſecond Traicté mon fils pourſuy ton cours,

Et tire le profit d'vn ſi rare diſcours.

    Le F. Comme pour le premier mon ame fuſt rampante

Elle trouue au ſecond ſa naturelle pante,

Il nous faut animer de violens efforts

La Toille & la couleur qui d'eux meſme ſont morts.

    Le P. Tout beau, PADER tout beau, ton Genie trop viſte,

Eſblouy d'vn faux feu s'eſgare ſans conduite;

Sans la proportion tout ce beau baſtiment

S'eſboulera bien-toſt faute de fondement.

    Le F. Monſieur i'obeïray.

              Le P. Fay donc & te diſpoſe

A ſuiure le conſeil que ton Pere propoſe,

L'on s'abuſe en effect de donner l'action

Si c'eſt au détriment de la proportion;

Outre que la plus part en cet endroit ſe trompent,

Et leurs foibles Eſquiſſes ſur ce Rocher ſe rompent.

12.
Prudence
qu'il faut
auoir en la
distributiõ
du mouue-
ment.

N'est-ce pas ce tromper defaire violent
Le geste d'vn craintif, lors qu'il doit estre lent :
N'est-ce pas s'égarer & peindre à l'aduenture,
De croire d'exceller en la rare Peinture,
En donnant de la force à tous genres de corps;
Faisant sans jugement rire & marcher les morts.
C'est le plus glissant pas qui soit en ce voyage
Et la Scille trompeuse où nous faisons Naufrage;
Ouure doncques tes yeux, prens bien garde à ce point,
Marche dessus mes pas & net'escarte point,
L'Illustre G Milanez nous seruira de Phare,
Pour posseder vn iour vne science si rare;
Luy de qui l'Art diuin nous force à l'escouter
Lors que de tous deffauts il nous veut dégouter.
Luy, dis-ie qui sans yeux dessille nos paupieres
Produisant par sa nuit le iour de nos lumieres,
Et qui par vn prodige admirable & nouueau
Nous esclaire sans flame & conduit sans Flambeau.
 Le F. Quoy tousiours l'action en tous cas n'est pas bonne?
 Le P. Non quand la verité le contraire t'ordonne;
Si le pinceau se meût sous vne docte main,
Il nous fait distinguer l'Ibere du Germain;
L'Irlandois blanc & blond, de ceux de la contrée
Ou l'eau sans de grains d'or n'est iamais rencontrée.
Le barbare Affriquain, du noir More frizé
Et le Mahometan, du peuple Baptizé
Donnant l'Air, la Couleur, la Phisionomie,
 Le F. Dois-ie pas consulter plustost G l'Anatomie.
 Le P. Il te la faut sçauoir, mon fils, legerement,
 Le F. Ie Croyois que ce fust le premier Element.

Qu'il

Qu'il nous falut de là commencer la Carriere,
Et par l'ombre d'vn corps en auoir la Lumiere :
Que ce corps defpouïllé des graces de la peau
Fut la fource pourtant de celles d'vn Tableau.
　　Le P. Elle nous fait befoin fur tout pour vn Hercule
Qui court & fort mufclé paroiftra ridicule
Si comme vne Venus ou fon cher Adonis,
De fon Robufte Corps les mufcles font bannis.
Il nous fuffit pourtant d'vne feule Figure ;
Puis que les mufcles ont mefme forme & figure
Tant au Corps grefle & long qu'au corps robufte & court
Et qui gros & quarré paroift terreftre & lourd ;
Car bien qu'ils foient petits ils ont la mefme forme
De ceux d'vn fort Geant, d'vne grandeur enorme ;
Icy la ℟ Ronde-boffe amene fon fecours ;
Et nous monftre en tous fens la force des contours :
Les Rochers les plus lourds par des mains tres-habiles
D'inutiles qu'ils font deuiennent fort vtiles ,
Et le fçauant Sculpteur defgroffant leur Chaos
Nous fait paroiftre chair ce qui n'eft qu'vn pur os.
Prens garde toutes-fois que par l'Anatomie
Tels Corps ne foient trop ℟ fecs en ton ℟ Academie ;
Fay chois d'vn beau ℟ Modelle, & pour le mouuement,
Mets ℟ l'Acte auec ardeur, & par fois mollement ,
Selon la paffion qui dans le Corps domine
Changeant fuiuant le temps, l'âge , le poil , la mine.
　　Le F. Vn Acte nonchalant, felon noftre difcours ;
Se peut doncques fouffrir , quoy qu'il ait moins de cours ,
　　Le P. C'eft icy le myftere ; icy mon fein ie t'ouure ,
Puis qu'vn Pere à fon fils fes grands fecrets découure,

13
Qu'il faut
fçauoir l'A-
natomie ex-
terieure.

C

Mon amour paternelle à ce coup dans mon sein,
Te fait voir les ressorts plus cachéz du dessein ;
N'atens pas ce grand bien en cét âge barbare
Où le meilleur amy par l'interest s'égare
Du sentier le plus propre à seruir son amy,
(Auquel s'il tend la main ce n'est plus qu'à demy)
De tout autre que moy tu commettrois vn crime,
Par ce penser trompeur & si peu legitime.
-Ce sont les sentimens des plus doctes Pinceaux.
-Prens donc garde mon fils, que les sales Pourceaux.
-Ignorans leurs beautés, ainsi que leur merites,
-Ne foulent sous leurs pieds ces rares Marguerites.
Ie t'ay monstré l'erreur, quand aux proportions,
Escoute maintenant celle des actions.
Tu sçais bien ce qu'on fait dedans l'Academie,
Et comme la raison, sans raisons endormie,
Abandonne vn modelle au sot aueuglement
De celuy qui pretend sçauoir le Mouuement?
Qu'on mét l'Acte tousiours dans des efforts penibles
La plus part affaictés, trop forcés, trop terribles?
Qu'on ne cherche iamais en la naïfueté
D'vn geste nonchalent la grace & la beauté ?
En vn mot que iamais les Peintres n'y raisonnent
Qui dans le seul trauail de leurs mains s'abandonnent,
Cheminans au hazard par les sombres sentiers
Que la pratique monstre és plus chetifs mestiers ;
Et comme si cest Art, sans Art dans son escole
Pour faire des Muëts deffendoient la parolle,
On y voit des Ouuriers a la fin de leurs cours
Ainsi que leurs Tableaux dénüés de discours ;

Et pour te faire voir sans prendre trop de peine
De cette verité la preuue tres-certaine :
Contemple dans les vers du sieur de sainct Amant
D'vn Morphée endormy le portraict plus charmant ;
Là tu verras soudain quelle est leur ignorance ;
Puis qu'il nous le fait voir
Par son rare sçauoir,
Dans les bras de la negligence
Lachement couché sur son dos
Dessus des Gerbes de Pauots.
Ce n'est pas que le geste approchant de la flame
Qui rend le corps suiet aux passions de l'ame
Comme le principal ne soit fort à propos ;
Mais puis que certains corps panchent vers le repos,
Et que pour exceller en la rare Peinture
Nous deuons imiter les effets de nature ;
C'est chopper lourdement & manquer de discours,
De faire en tous les corps l'enflure des contours
D'vne pareille force, & pour paroistre habile,
Monstrer euidemment qu'on a l'esprit debile.

Nostre ¶ Apelle François d'vn Peinceau plus sçauant
Chasse de ses Tableaux ce monstre deceuant.
C'est là qu'on voit le Roy que la pourpre enuironne
Porter vn front Royal digne d'vne Couronne ;
Son maintien graue & doux est mis en tel estat
Qu'il fait connoistre à tous que c'est vn Potentat,
Il porte vn Sceptre d'or riche d'Orfevrerie,
Dessous vn daix pompeux d'or & de broderie,
Sans qu'on voye en son front rien qui soit arrogant,
Et que pour l'animer il soit extrauagant.

14
L'Actitude qui aproche de la forme endoiäte de la flame, döne vn grand esprit aux figures.

C 2

Cét illustre Pinceau fait, par d'illustres marques,
Qu'on lit dessus son front le noble air des Monarques,
Et d'vn louable crime, à nos yeux estonnés,

Fait d'vn peu de couleurs des Princes couronnés.

    C'est là que le Berger qu'vn peu de toille couure
Oppose sa cabane, aux portiques du Louure,
Le chaume, à la dorure & le torchis tremblant
Aux superbes festons du iaspe estincellant,
La houlette est son Sceptre, & pour marque supréme

Vn vert chapeau de fleurs luy sert de Diadéme.

    Icy l'on apperçoit folastrer les enfans,

Là les vieillards courbés sous le faix de leurs ans,
La Neige sur leur teste ou la noirceur s'efface,
Et qui iusques au cœur leur va porter sa glace,
Se forcent d'échauffer leur arriere saison
Appuyant sur trois pieds leur tremblante maison.

    D'vn costé quelque faune espris d'vne Bergere
La talonne & la suit d'vne course legere.

    Le genereux Guerrier boüillant dans le combat

Icy d'vn fer aigu te qui s'oppose abat,
On diroit le voyant en l'excés de sa rage
Que rien ne fut iamais esgal à son courage:
Son bras victorieux rend les siens affermis,
Et porte l'espouante au camp des ennemis:
Le sang & la sueur meslés à la poussiere
Courent ce nouueau Mars d'vne crouste grossiere.
L'asseurance en tout temps chez luy fait son seiour,
Il est robuste & frais comme le premier iour,
Mais ce qui me surprend c'est qu'en venant de naistre
Son bras sortit armé, de la main d'vn grand Maistre.

Là le fonds non commun de son rare deſſein
Panche negligemment la iouë ſur la main,
Le coude ſur la cuiſſe, & par cette poſture
Vn vieil Prophete reſue à la race future :
Sa barbe venerable au deſſous du menton
Iuſques ſur l'eſtomach eſpend ſon blanc cotton.
Il tient les yeux clouës ſi fermement à terre
Qu'il ne brânſleroit pas pour le bruit du tonnerre :
Et meſme il parleroit, ſi ſon rauiſſement
Ne l'euſt priué de voix comme de mouuement,
Son ſilence pourtant cauſe noſtre parole,
Et noſtre eſprit ſur luy par le regard s'enuole,
Son immobilité fait noſtre eſtonnement,
Et ſon attention, mieux que ſon mouuement.

Des Prophe-
tes.

   Lors qu'il peint vn Amant ſur le ſein de ſa dame
On diroit, ſans mentir, qu'il expire & rend l'Ame :
L'aiſe pareſt ſi fort dedans ſes yeux mourants
Qu'il ne ſe peut cacher qu'à ceux des ignorants :
D'vn coſté mille amours folaſtrans ſur les nuës
Expoſent aux mortels leurs beautes toutes nuës
De l'autre vn pareil nombre appendent par les airs
Des feſtons eſmaillés de cent bouquets diuers,
L'enuie en cét endroit par vn effet eſtrange
Quittant ſon noir venin publie ſa louange,
Et ſes enfants aiſlés qui deſcendent du Ciel
Rendent tout ſon abſinthe auſſi dous que le miel.

Des Amans

   Il n'eſt rien de ſi beau que ſes Nymphes ſont belles,
La nature iamais n'en façonna de telles.
La fraiſcheur de leur teint eſblouïſſant nos yeux
Monſtre viſiblement qu'il eſt venu des Cieux :

C 3

POVSSIN troublant nos sens par ses subtiles voiles
Nous fait idolatrer les couleurs & les toiles,
Il semble que l'Amour, des plus fins marroquins
Couuerts de gaze d'or ait fait leurs brodequins,
Et que pour rendre, l'œuure & plus rare & plus belle
Il ait ioint au tissu le dûuet de son aisle :
Pour augmenter le prix d'vn si riche thresor,
Les plus nets Diamants ioints à de Chattons d'or,
Parmy leur vif esclat, font voir par interualles
Les couleurs de l'Iris qui parest aux Opales.
Quelques cheueux errans sans ordre & sans dessein
Folastrant vont troubler le calme de leur sein,
Où deux monts animés quoy que couuerts de neige
Tesmoignent que la flame au dedans tient son siege :
Partie reserrés par vn soin diligent
Lient nos libertés dans des cordons d'argent :
D'autres non moins fatals à causer du martyre
Voltigent doucement sur l'aisle du Zephire :
Ce doux courrier d'Eole enrichit leurs habits
Des larmes de sa mere & des plus beaux Rubis,
Qu'il enleue du Char dont la blancheur premiere
Au peuple de l'Asie apporte la lumiere :
Ce fauori de flore entre dans ses Iardins
Pour y cueillir l'œillet, la rose, & les Iasmins,
(Rose pleine de musc & qui n'a point d'espines)
Qu'il seme sous les pas de ces beautés diuines,
D'autres ont leur coëffure ajustée à tel point
Que celle de Venus ne s'y compare point ;
Il semble qu'elle mesme ait employé ses graces,
Ses Peignes, ses Frisoirs, ses Poudres & ses Glaces,

Pour rendre plus puissants sur ces terrestres lieux
Des obiects suffisants à captiuer les Dieux:
Leur bras blanc & poly qui l'embonpoint découure,
Sous vn legentabis qui voltige & s'entrouue
Fait suiure le poignet d'vne si belle main
Qu'elle porte d'abord mille traicts dans le sein,
Sans que iamais le cœur contre elle se rebelle:
Cherissant les effects dont la cause est si belle.
Leur costé mi-partie aussi rouge que sang
S'ouure à trois boutons d'or à costé de leur flanc,
Et s'escartant plus bas à l'endroit de la anche,
Expose à nos regards leur cuisse ronde & blanche:
Le reste des habits aiustés sur leur corps
Couurent comme enuieux vn monde de thresors.
Vn plaisir imparfait qui nostre cœur allume
Aux premieres douceurs fait suiure l'amertume,
Et nostre œil alleché par d'affligeants appas
Voudroit aperceuoir tout ce qu'il ne voit pas.
　　A-ton iamais rien veu pareil à ses Baccantes
Lors que le Dieu Bachus de ses chaleurs picquantes,
Excitant leur fureur les pousse à s'emporter,
Ayant bû la liqueur qui les fait transporter: Des Bachā-
L'vne ayant de Lyerre vne espaisse couronne   tes.
Son Tyrse dans la main qu'vn vert pampre enuironne,
Les yeux estincellants monstre par ses regards
Que son esprit malade à des desseins hagards:
L'autre qu'vn petit voile à peine rend couuerte
Ioint ses ¶ Parieteaux à la Guirlande verte,
Et d'vn geste lubrique autant qu'extrauagant
On la voit sans raison deçà, delà vaguant.

Sa compagne à cofté d'vn traict auſſi fantaſque
Rouſle ſa blanche main ſus vn tambour de baſque
Puis hauſſant le talon, d'vn polmon pantellant,
Selon l'air du tambour va touſiours ſautellant :
Vn Satyre à l'eſcart leur monſtre la practique
De joüer quelques airs ſur ſa flûte ruſtique ;
Tandis que la brigade emporte ſur ces bras
Vn vieillard endormy de qui le ventre gras,
Fait voir facilement par ſa groſſe Bedeine.
Et ſon nés de rubis que c'eſt le bon Silene.
A l'ombre qui paroiſt ſous deux Ormeaux voiſins
Des Satyrots vautrés dans du mouſt de raiſins,
Ne ſe pouuant dreſſer que le pied ne leur faille
Rouſlent dans vn tuueau tous ſoüillés de grapaille
     Mais qu'elle maieſté paroiſt en ces Ceſars,
Leur front ſous les Lauriers menaſſe les hazards :
Ces genereux Heros ſans crainte du tonnerre,
Apres auoir conquis les deux bouts de la terre,
Paroiſſent ſur vn Char traiſné par dix cheuaux.
La victoire qui ſuit couronne leurs trauaux.
Mille & mille guerriers portent les riches marques
Qu'ils ont mis ſous leurs Loix les plus puiſſants Monarques.
Les vns de Sceptre d'or dans les baſſins d'argent
Leurs bras victorieux & leurs mains vont chargeant :
Les autres ſecondans ces richeſſes extrémes
Sur vn Char figuré portent leurs Diademes :
Ces Illuſtres captifs, quoy qu'ils ſoient enchaiſnés,
Tiennent ſous leurs grands cœurs leurs fers empriſonnés :
Et leur front ſouuerain fait voir par ſa conſtance
Qu'ils ne ſont pas venus d'vn obſcure naiſſance.

Ils

Ils voyent sans branfler les iniures du fort,
Traictant égallement, & la vie & la mort,
Si rien les peut toucher, c'eft de voir que leur gloire
Rend glorieux Cefar dans fon Char de victoire.
Deux cens Clairons d'airain de leurs airs triomphans
Efueillent le courroux de cinquante Elephants,
Qui portent fur leur dos les Villes plus fuperbes
Que le fer des Romains ait mis deffous les herbes.
Icy mille drapeaux nous font connoiftre affez
Qu'ils ont efté conquis fur leurs Chefs terraffez,
Et ceux de qui l'eftoffe en paroift plus biffée
Augmentent la valeur de leur riche trophée.
Là diuers Chariots fuiuant le mefme cours
Pompeufement parés de tapis de velours:
Portent fur ces tapis, ornés de broderies,
Des grands Cafques d'argent, femés de pierreries:
Des Rondaches de cuiure, efmaillés fur les bords:
Et des glaiues conquis fur les Guerriers plus forts:
Des vafes de Cryftal ouurés auecque peine:
Du Baulme renfermé dans de la Porcellaine:
Des Baffins cizellés, des Picques & des Dards
Pefle-mefle entaffez parmy les Eftendards.
    De plus ce grand ouurier par ces rares practiques
N'euft iamais fon pareil, quand à l'air des Antiques?   Des Drape-
Il lés fuit de fi prés que ie dis & maintiens   ries.
Qu'il ne cede à pas vn des Peintres Corinthiens;
(Car encore que le temps ait détruit leur peinture
Nous iugeons des Tableaux par leur rare Sculpture.)
Et ie ne feindray pas de dire à haute voix
Que tous les peintres Grecs fçeurent moins qu'vn François,

D

Ouy ie croy fermement qu'il ſçait tout ce qu'ils ſçeurent,
Et qu'eſtant ce qu'il eſt, il eſt tout ce qu'ils furent,
Lors qu'il fait des Venus nos ſens ſont interdits :
Par le raport des yeux il charme nos eſprits,
Vne vertu ſecrette incontinent enflame
Le ſang plus eſpuré qui ſert de loge à l'ame.
Que ſi ſes nudités cauſent l'émotion,
Il nous porte d'ailleurs à la deuotion,
Et le meſme lien qu'il employe au martyre,
Nous eſloignant du monde, au firmament nous tire.
S'il repreſente vn Chriſt enuironné de Iuiſs
Son viſage affligé rend les noſtres plaintifs,
Les ſecrets mouuemens d'vne telle peinture
Portent dans noſtre ſein vne ſainctte poincture :
Et le cœur le plus dur, voyant ſon corps ſi blanc
Rougir ſes Lys diuins au pourpre de ſon ſang,
Ne ſçauroit eſuiter de reſpandre des larmes,
Tournant contre Satan la pointe de ſes armes.
S'il le peint eſleué ſur l'arbre de la Croix
Il ſemble qu'on entend cette mourante voix,
Qui prioit l'Eternel pour l'aueugle Cohorte,
Dont l'extréme rigueur le traittoit de la ſorte,
Que ſi tu ne l'entends, ſçache que ſon tourment
Le force de parler vn peu trop baſſement :
Et ſi le reſte eſt ferme & ſemble vne peinture,
C'eſt, que pour eſcouter l'Autheur de la nature,
Il n'oſeroit branſler, les meſmes ſentimens
Tiennent encor les morts dedans leurs monumens
Si noſtre œil penetroit le lointain qu'il contemple
Il verroit deſchirer le voile dans le Temple :

Le bel Astre du iour ses feux esclipseroit,
Mais il sçait qu'aussi-tost l'œuure s'effaceroit,
Et pour cette raison sa course suspenduë
Fait que d'vn œil malade il colore la nuë.
En vn mot les rochers brisés en mille esclats
Deçà, delà poussés ne seroient plus si plats ;
Si le prudent Poussin preuoyant le dommage
Ne leur eust deffendu d'esgratigner l'ouurage.
   Si ce qu'il nous dépeint touchant la passion
Donne aux cœurs moins deuots de la compassion, Des Myste-
res joyeux.
Les mysteres joyeux que sa main nous presente
Sont faits d'vne maniere agreable & sçauante.
I'ay veu chez vn Prelat qui cherit son pinceau
Vne Vierge & son Fils sur le bord d'vn ruisseau,
Qui paroit à nos yeux arrouser son ouurage :
Vn batelier conduit sa nacelle au riuage,
Où la Mere pucelle, auec son chaste Espoux,
Contemplent en I E S V S ce qu'il a de plus doux ;
Car bien que tout le soit, la douceur de sa face
Des traicts plus adoucis toute douceur esface :
Sa belle bouche semble estre preste à parler
Pour cherir vne Croix qu'il apperçoit par l'air,
Que des enfants aislés de l'empirée apportent,
Et de leurs tendres bras en voltigeant suportent,
Nos yeux verroient ses yeux tourner de toutes parts
Si ce mystique obiect n'arrestoit ses regards ;
Il éleue les mains & monstre par son geste
Que son cœur reconnoist la machine celeste.
La face de la Vierge inuite le Chrestien
D'admirer de son Corps le pudique maintien ;

Puis que ce rare ouurier l'a mise auec aisance,
Sans que rien soit forcé, dedans la bien-seance.
Le manteau qu'elle porte a droit de nous charmer;
Non parce qu'il paroist coloré ℊ d'Outremer,
Mais d'autant que les plis sont faits auec addresse,
Et font voir tout à coup, la force & la tendresse.
Certes c'est vn chef-d'œuure, & ce chef-dœuure est tel
Qu'il merite à bon droit qu'on l'ait mis sur l'Autel;
Il n'est point de Tableau, qui d'abord ne luy cede
Et les beautès de cent luy tout seul les possede.

    Le F. A vous oüyr parler ie me trouue surpris?
Ce discours mon cher Pere a rauy mes esprits,
Sans doute que Poussin fait l'honneur de nostre âge;
Puis qu'auec tant d'ardeur vous tenez ce langage.
I'ay veu de ses Tableaux, & voudrois bien sçauoir
Si pour la ℊ Draperie il fait tout sans rien voir;
Ou si le ℊ Manequin propre à tant de postures
Luy sert de prototype à ℊ Drapper ses figures,
    Le P. Le Manequin est lourd pour bien representer
Celuy qui de courroux se laisse transporter;
Puis que les mouuemens qu'excite la colere
Sont forts & violents, tels que dans la galere,
On voit ceux des forçats, où comme sur les eaux
Sont ceux des matelots qui seruent les vaisseaux;
Sur tout, lors que le vent esmeut l'onde & s'appreste
Pour les abandonner au fort de la tempeste.
Il est encor trop lent & ne sçauroit seruir,
A peindre le Romain, qui s'efforce à rauir
De son terroir natal la charmante Sabine,
Pour peupler de Cesars la campagne Latine.

Il eſt mal propre encor pour faire des Luitteurs,
Et les geſtes hardis des forts Gladiateurs:
De meſme que la fuitte ou la legere courſe
D'Apollon quand il ſuit ſa bergere rebourſe,
Hippomene, Atalente, & tous ceux qui de peur
Couurent leurs corps fuyards d'vne froide vapeur.
    Le F. Mon pere ie ſçay bien qu'hors de la draperie
L'employ du Manequin n'eſt qu'vne reſuerie,
Mais pour..... Le P. Quoy pour, mon fils, ſi tu crois mon aduis
Tu l'abandonneras, meſme pour les habits,
I'entends quant aux ſuiects où noſtre ame s'élance,
Et tranſporte nos corps auecque violence,
Comme ſont tous ceux-là que i'ay déjà nommez;
Puis que c'eſt le conſeil des Peintres renommez:
Car bien qu'vn Manequin, ſur les jointures roule
A la faueur des Vis qui ſerrent chaque boule:
Si voyons nous pourtant malgré tous leurs efforts
Que les geſtes qu'il fait ſont languiſſants & morts.
On a beau le parer d'vne fauſſe perruque,
Il ne ſçauroit courber du dos iuſqu'à la nucque,
Le coude, & les genoux plient trop quelque fois,
En vn mot cher enfant c'eſt vn homme de bois.
Et puis, qu'vn bon ouurier le grand ſecret attrape,
Et les ruſes de l'art, quand ſa figure il drape,
S'il marque par les plis la rare nudité,
Eſuitant du faux iour la fiere Crudité;
N'eſt-on pas dans l'abus, alors qu'on ſe figure
De bien marquer le Nû, apres telle figure.
Le geſte d'vn Heros par elle a du faquin.
    Le F. Vous vous ſeruez pourtant de voſtre Manequin.

Le P. Il est vray ie m'en sers mais c'est auec adresse,
Et lors que le trauail du villageois me presse,
Pour t'eleuer, mon fils & tes freres aussi,
Les Tableaux mal payés augmentent mon soucy.
   Le F. Ie n'en feray iamais qu'à force de pistoles.
   Le P. Le temps fera meurir ton sens & tes paroles,
Le feu de la ieunesse aussi bien comme toy
Pendant mes ieunes ans a gouuerné chez moy,
Souuerain, absolu, commendant à baguette,
Et contre la raison faisant agir ma teste
Lors tout m'estoit aisé Michel & Raphaël
Estoient de petits feux dont i'estois le Soleil,
La bonne opinion que i'auois de moy-mesme
Et mon peu de sçauoir se portoient à l'extréme,
Par la mesme raison bouffi de vanité
Ie ne peignois iamais que pour l'Eternité,
Et par des fondemens insolents & friuoles
Ie voulois comme toy grand nombre de pistoles.
Mais apres que i'eus beu du grand Tibre Romain
Qui purgea mon esprit & r'asseura ma main
Ie connus mon erreur, & quand ie fus en France
L'ouurage du passé marqua mon ignorance.
Tu rougis tout esmeu ? n'est-ce pas que ce mot
Quoy qu'il s'adresse à moy te fait passer pour sot ?
Tu ne te trompes point; puis que ta suffisance
N'est que le pur effect que produit l'ignorance,
Tes erreurs toutesfois me sont douces mon fils
Voyant reuiure en toy ce qu'autrefois ie fis.
Laissons faire le Temps, puis qu'c'est le vray maistre
Qui nous aprend à viure & nous faire connoistre.

Ce parfait Medecin qui porte auec sa Faux
Non à faux, mais au vray l'antidote à tous maux;
Ce Ieune Descrepit dont la nature est telle
Qu'au moment qu'il vieillit à mesme il renoüelle.
Pour reprendre le fil de mon premier discours
Ie te dis que le drap doit suiure les contours :
Hormis qu'il fut si gros que par sa lourde masse
Le ply sans quelque effort ne bougeat de sa place;
Car selon que le geste est foible ou violent
Et que le drap est gros, le ply vient prompt ou lent
Il faut rendre l'effet conforme à la matiere,
Et le faire grossier si l'estoffe est grossiere.
Outre qu'il faut alors que le tout panche en bas :
S'il n'est haussé, du moins, par la force des bras,
Ou de quelqu'autre corps qui l'enleue & l'entraisne
Et malgré son penchant en le forçant l'emmeine.
L'exemple est fort commun, si nos déportemens
Ne veulent renuerser l'ordre des Elemens :
Le feu cherche le haut, la pluye tombe à terre,
La gresle encore plus, par le froid qui la serre;
L'air, comme plus leger que la terre, ny l'eau,
Enuironne & suspend cest immense fardeau:
Le feu, comme i'ay dit, prenant la haute route,
Se rend encor plus pres de la Celeste voute.
Or tout ce que nature en ce vaste Vniuers
Produit & fait germer sous mille aspects diuers,
Contient ces quatre fils de la mesme nature,
Dont l'accord different enrichit la Peinture;
De la vient que tous corps solides, lourds, serrez
Cherchent tousiours le bas s'ils en son separez

17
Precepte
sur le mou-
uement.

Ceux qui font moins de terre en qui l'air fur-abonde
Font voir leur corps porreux fur la face de l'Onde :
Et ceux où le feu brille ainfi qu'vn prompt efclair
S'élancent dans l'inftant par les roûtes de l'air.
Le Peintre intelligent qui comprend ce myftere
N'e fera iamais rien qui ne fe puiffe faire :
Comprens, pefe ces mots, & ne t'abufe pas,
Ie t'ouure le chemin, marche donc fur mes pas,
Souuiens toy de ces mots, qui ne fe puiffe faire,
Puis que c'eft le feul point ou confifte l'affaire.
Mille & mille Tableaux d'exceffiue valeur
Ont pour tout fondement, l'efclat de la couleur :
Qui n'eft qu'vn accident qui peut, ou ne peut eftre
En vn mefme fuiet fans qu'il change fon eftre ;
Vn exemple groffier te feruira pour tous,
Ie change de couleur quand ie fuis en courroux ;
Maintenant ie paflis, apres ie deuiens rouge ;
Mais pas vn de mes os de fa grandeur ne bouge,
Et quelques ¶ Coloris qu'apporte le defpit
Ie n'en deuiens pourtant, plus grand, ny plus petit.
Faffe ce que voudra le colere & la rage
Celuy qui m'aura veu connoiftra mon vifage ;
Et quoy (me dira tu) n'eft-ce pas la pafleur ?
Qui diftingue les morts des vifs par fa couleur ?
N'eft-ce pas ce beau feu qui teignant vne face
D'vn malade d'abord tous nos foubçons efface.
Non la feule couleur ne diftinguera pas
D'vn homme déjà mort celuy qui ne l'eft pas :
Puis qu'on voit des corps morts dont la couleur vermeille,
Fait dire aux affiftans, il femble qu'il fommeille ;

18.
La feule couleur ne fufit pas pour exprimer les paffions.

Fait

Donc la seule couleur d'vn homme deià mort
Ne le peut distinguer de cét autre qui dort :
Voit-on pas des viuants dont le visage blesme?
Se presente à nos yeux plus mort que la mort mesme ;
Comme lors qu'vne fille a les pasles couleurs
Ou lors que son teint cede à l'effort des douleurs.
C'est par le mouuement que nous pouuons connoistre
Le Roy dans son Palais, le moine dans son Cloistre,
Par le geste l'on voit le Soldat genereux
Se rendre different du bon Bourgeois peureux :
Tout despend du dessein dont la douce manie
Du Peintre intelligent le rare esprit manie,
D'autant qu'il connoist bien sa grace & ses appas
Qui prend pour fondement la regle & le compas,
Les nombres, les raisons, d'où prouient l'Eurithmie
De la sombre laideur la plus grande ennemie ;
C'est elle qui paroist comme vn diuin flambeau
Et répend ses clartez sur le front d'vn tableau ;
C'est elle qui fait voir mesme au milieu des armes
Au throsne de la mort, les attraits & les charmes ?
C'est par elle qu'vn monstre affreux, horrible & laid
Soûs vn cuir escaillé nous estonne & nous plait ;
Rendant par ses accords son harmonie telle
Que l'horreur s'appriuoise, & la laideur vient belle,
Son pouuoir se decouure encore mieux aux corps nuds
Et fait voir son esclat en celuy de Venus :
S'il nous la faut vestir, le Manequin est rude,
Il y faut plus de grace & beaucoup plus d'estude ;
L'esprit du sçauant Peintre icy doit s'éueiller
Et s'aider des escrits pour la bien habiller.

E

19.
Que l'acti-
tude est la
principale
piece.

Choisiſſant des Latins le Prince des Poëtes.

  Le F. Tous ne l'entendent pas Le P. il a des Interpretes,

Et ſur tous ...... qui pour noſtre François

A le mieux expliqué les charmes de ſa voix ;

La coiffant, comme il dit, la chauſſant comme il chante,

En couurant galament d'vne eſcharpe volante,

Vn des bras, vn'Eſpaule, & que les Lys viuans

De ſa chair ſoient couuerts de voiles tranſparants :

Que la toile de ſoye adroictement ſoit miſe,

Sur ſon corps par l'Amour pour ſeruir de chemiſe

Qui doit couurir ſes flancs & ſes cuiſſes encor

Faiſant tenir l'Eſcharpe à quelqu'agraffe d'or ;

Ne faiſant aucuns plis ſans ſçauoir comme ils viennent,

De quelle eſtoffe ils ſont, & bien moins comme ils tiennent.

  Le F. Dois-ie mouiller le linge à bien marquer le Nû.

  Le P. Fort bien. Le F. Et le papier.

Le P. Non, car il fait trop & Crû,

Ses plis ſont mal-ſuiuis, fiers, rudes, Angulaires

Et les ſurfaces ſont aſpres, triangulaires ;

Outre que la clarté perçant ce foible corps

Fait des ombrages doux & tout ioignant des forts ;

De façon que noſtre œil par cét effet contraire

Mépriſe la copie autant que l'exemplaire.

Ces petits Marmouſets de bois & de papier

Par leur oppacité ſout crus comme l'aſſier,

Et leurs habits flottants que la clarté penetre

Sont comme des chaſſis mis ſur vne feneſtre.

  Le F. Puis que la verité d'vn pur & clair Flambeau

Nous ſert d'ourſe à voguer ſur les flots d'vn Tableau :

Et que tout au rebours le menſonge nous trompe,

Nous traisnant vers Caribde auec sa fausse pompe
Le papier peut seruir ; l'exemple est apparent,
Puis que le plus fin linge est aussi transparant :
Qu'on voit des taffetas, des crespes & des toiles
Qui font passage aux rais des plus foibles estoiles :
Ainsi ce corps mouuant que Zephir fait changer
Pourra du moins seruir pour vn manteau leger.

   Le P. Il se peut rarement & par longs interuales,
A cause qu'il produit des ombres inégales
Des plus rudes, aigus, ingrats & mal-faisans
Qui veulent grand estude à les rendre plaisans.

   Le F. Adieu donc à ce coup drapperie branslante
D'vn pur blanc transparant tousiours estincelante,
Adieu lourd attirail, & de fer & de bois,
Manequin importun qui m'as lassé les doigts
Lors que le triste Hyuer de sa moite froidure
Enfloit trop chaque boulle en sa iuste enboiture
Et qui souuent trop lasche au milieu des estés
Contre l'ordre prescrit tournois de tous costés.
Il faut que ie te donne, ou bien il te faut vendre,
Puis que ton corps n'est bon qu'à faire de la cendre,
Et de la cendre apres la lessiue on faira
Qui de tant de deffauts la tasche lauera ?

   Le P. C'est trop, le feu t'emporte ? à ce coup ta colere
Contre cet innocent paroit rude & seuere ?
Que t'a fait ce beau meuble aimable souple & doux
Pour auoir à tel point alumé ton courroux,
Qu'il faille que ta voix la sentence proclame
Qu'il doit estre reduit en cendre par la flame
Déja l'éclair qui part de ton œil couroussé

92
Contre le
Manequin.

E 2

Allume le bucher sans estre repoussé :
Déja le feu s'est pris, il brusle il le consume,
Nous n'en voyons plus rien, que la cendre qui fume;
Et quelques Vis de fer, que ce brasier affreux
A peintes chaudement de la couleur des feux ?
Pitoyables fragmens d'vne rare structure
Qui poussiez mille traicts contre la sepulture ?
A quoy rendre immortel ce mal-faisant pinceau
Qui pour remerciment vous met dans le tombeau !
Ingrat ie ne vois plus qu'vne vapeur trop sombre
Qui veut cacher ton crime au plus noir de son ombre ?
De deux pieds, de deux mains, d'vne teste & d'vn corps
De tous les mouuemens de ces rares ressorts,
Il n'en reste cruel, qu'vn peu de poudre tiede
Et le pis d'vn tel mal, c'est qu'il est sans remede.
Il ne paroist plus rien, le haut est au plus bas
Les mains sont dans la cuisse, & les pieds dans les bras :
Les bras sont dans le corps, & le corps dans la teste.
Le col est sous la plante, & la plante est au feste;
Le feu mesme rougit de cette cruauté
Ce n'est plus qu'à regret qu'il a de la clarté,
Et ne pouuant ailleurs sauuer sa renommée
Il cherche à s'étouffer en sa propre fumée.
Et en vain (dit la cendre) ô destins autre-fois !
Ie seruis d'ornement au plus ancien des bois :
En vain par mille endroits mon ame vegetante
Porta iusques au Ciel ma perruque flotante :
Et de ses verds Rameaux sombres & tenebreux
Opposa la fraischeur au plus noble des feux ;
En vain mes bras feuilleux loing de la vaste terre

Ont esté conseruez par l'Autheur du Tonnerre,
Pour seruir de retraicte à ces peuples legers
Qui couchent sur la plume & viuent par les Airs.
En vain de mes Rameaux la hauteur non commune
Aura cent fois baisé le globe de la Lune :
Et de cette Deesse en suitte de mes vœux
Reçeu le beau present d'estre sauué des feux ;
Puis que ie suis détruit & qu'vn peu de poussiere
Est tout ce que l'on voit de ma forme premiere,
Que m'a seruy Destins au plus beau de mes ans?
De brauer les offorts de l'orage & des vens,
Et de voir qu'à la fin de leur rude tempeste
Ils n'auoient que peigné les cheueux de ma teste ;
Lors mes Rameaux espais, loin du monde & du bruit
Conseruoient le repos, le silence & la nuict.
Au plus fort de l'esté la terre estoit couuerte
Des ombres qui naissoient de ma couronne verte
Que mes enormes bras suspendoient tout autour
De mon tronc qui ne vit d'vn Siecle l'œil du iour.
Les Peuples estrangers, & ceux du voisinage
Quittans leurs Regions me venoient rendre hommage.
Les Druides sçauans n'entroient dedans ces bois
Que pour ouyr les mots de ma confuse voix :
Et pour plus de respect au front des Tabernacles
Sur des lames de cuiure ils traçoient mes oracles ;
Le Tiltre de Titan bien-faisant aux mortels
Fit que l'on m'erigea des superbes Autels,
A la suitte des temps mon ame fut rauie
Par l'assier, & l'assier me redonna la vie :
Celuy d'vn Bucheron fut cause de ma mort

Et celuy du Sculpteur changea mon mauuais fort:
En entrant au trespas ie commençay de naiſtre
Par la ſçauante main de ce celebre maiſtre,
Qui par ſon artifice admirable & nouueau
M'introduiſant la forme eſloigna mon tombeau :
Depuis par les reſſorts des iointures mouuantes
I'ay ſerui d'exemplaire à des mains plus ſçauantes,
Qui pour tant de bien-faits & tant d'inſtruction
N'ant cherché pour loyer que ma deſtruction.
Vn ſemblable diſcours occuperoit mon ame
Si ce beau meuble eſtoit deuoré par la flame,
De pareils ſentimens mon eſprit combattu
Sous des ſeueres mots te rendroit abbattu.

Le F. Vous l'auez cy deuant peint tout d'vn autre ſtile
Et bien loin d'eſtre propre il ſembloit inutile.
Ie le conſiderois d'vn œil plein de courroux,
Mais mon crime en ce ſens merite d'eſtre abſous.
Ie voudrois neantmoins s'il eſt peu ſeruiable
En faire de l'argent le rendant profitable.

Le P. Ie t'ay dit qu'il eſt lourd pour bien repreſenter
Celuy que le courroux diſpoſe à s'emporter.
Mais non qu'il fut pourtant tout à fait inutile ;
Puiſque les mouuemens d'vn naturel docile,
Ne ſont pas moins diuers à ceux d'vn querelleux
Que les poiſſons le ſont, des animaux velus.
Tous les mortels n'ont pas des paſſions hautaines
Du Cerf le ſang timide aux vns remplit les veines,
Aux autres les humeurs du Lyon genereux
Font enfler les eſprits de deſſeins vigoureux.
Ceux qui dans vn grand corps portent le cœur d'vn lieure,

Au seul bruit du selpetre ont des accez de fieure :
L'espée hors du fourreau par l'esclat de l'assier
Rend leur timide front aussi blanc qu'vn papier,
Leur sang froid, & pesant, combatu par la crainte
En sa couleur de feu n'a qu'vne flame esteinte ;
Vne moite vapeur qu'il exale au dehors
Fait des ruisseaux de glace au dessus de leur corps,
La nuict tout les allarme & le plus doux Zephire
Murmurant bassement, est vn mort qui souspire.
D'autres plus retirez que des sombres Hiboux
Se plaisent à l'escart & dans l'horreur des trous,
Où regne la tristesse où les ombres confuses
N'exposent à leurs yeux que d'images affreuses :
Le beau monde les choque & les plus doux concerts
N'ont rien qui leur reuienne à l'esgal des deserts :
Leur odorat se trouble à la douceur des roses
Et leur dégoust est tel pour les plus belles choses.
Ainsi le Manequin cét homme fait de bois
Pourra du moins seruir pour faire vn sainct François,
D'ont l'aste moderé, deuot, melancolique
Doit estre d'vn vray sage & non d'vn frenetique,
Il nous offrira encor son soing officieux
Pour faire les habits d'autres Religieux.
Le Lieutenant de Christ augustement modeste
Sous la pompeuse Pourpre il rendra manifeste.
Par luy tous les habits des illustres Prelats
Peuuent paroistre au iour auec tous leurs esclats,
Ces esprits bien-faisans, hardis, actifs, aimables,
Ne doiuent occuper que des gestes sortables ;
Puis que ceux du colere & ceux des arrogants

25.
Selon la di-
uersité des
personnes.

26.
Pour les ha-
bits des moi-
nes.

Sous des Mytres d'argent seroient extrauagants.
On ne doit iamais peindre vne action bisarre
Sous l'hermine Royale & moins sous la Tyarre.
Sans cette bien-seance vn excez de chaleur
Sous le bandeau Royal feroient vn basteleur ;
Le beau feu qui paroist a la viue Escarlate
Ternira tout son lustre, elle deuiendra plate
Si celuy qui la porte abandonne son corps
A la noire Couleur & ses bouillants efforts.
O le peu de raison de faire vn vieil Prophete
Ornant de blancs cheueux sa venerable teste,
En vn acte insolent, fripon, leger, fumeux
Agitant son maintien par vn geste orageux :
Sa teste nous aleche & son corps nous menasse,
Le bas semble attaquer le haut en sa bonasse.
C'est en ce sens, mon fils, que nostre Manequin
Au lieu d'vn President feroit vn Harlequin ?
Et sur des beaux tapis d'Asur semé de France
Vn Auguste Senat, loin d'vne conference,
D'hommes Sages, Prudens, Equitables, hardis
Par leur geste peindroit vn ballet d'estourdis.
Sçache que ces Heros vrais Hercules du vice
Qui par leur équité font fleurir la Iustice ?
Qui maintiennent les Loix dont le puissant ressort
Balance prudemment, & la vie & la mort,
Qui d'vn œil preuoyant par leur vertu secrete
Sauuent la Republique au fort de la tempeste :
Ne paroissent iamais, tant dans le Parlement
Que chez eux retirez en leur Appartement,
Dans vn Acte leger, fripon, mutin, volage,

Qui sentiroit son fol, & non son homme sage.
Prens donc garde mon fils à ce que ie te dis,
Et fuy, si tu les peins, les gestes estourdis.
Voy comme la posture affable & temperée
Accompagne vn Prelat sous sa chappe dorée.
Il marche grauement, & son corps haut & droit
Ne peut s'actionner quant mesme il le voudroit,
L'estoffe du Brocat roide de broderie
Ioint à sa fermeté l'or & la pierrerie.
Tout est graue & modeste & quoy qu'il soit assis
Cette estoffe ne fait que trois ou quatre plis,
Mesme dans son hostel parmy ses domestiques
Aux champs, dans le Senat, ez affaires publiques,
Tout est dans la iustesse & rien de mal seant,
Ne l'accompagne, droit, cheminant, ou seant.
La mesme Politesse en sa suite s'obserue,
Rien de mol n'y paroist, d'étourdy ny superbe:
L'arrogance est bannie & la brutalité
Ne triomphe iamais de sa ciuilité.
Les pages, les lacquais mesmes y sont affables
Quoy que par tout ailleurs ce soient de meschans diables.
Tu vois doncques mon fils presque aussi bien que moy
Quel doit estre le geste & du Pape & du Roy.
Leur maintien graue & doux doit par nostre artifice
Paroistre magnanime & non plein de caprice.
La plus part du beau monde a dans ses fonctions
De la grace en son geste & dans ses actions.
Remarque la Noblesse, obserue son allure,
Et par le naturel corrige la peinture.
Voy marcher vne Dame, obserue bien son port

Et tu n'y verras point vn volage transport,
Ainsi cette machine vtile & seruiable,
Rend l'argent dans le coffre encor moins profitable.
Croy moy le Manequin, quoy qu'il soit peu dispos,
Et que toute sa chair soit dure comme vn os ;
Nous rend vn bon office à peindre les estoffes,
Des Moines, des Prelats, des Roys, des Philosophes,
Et sur tout le Brocat, qui comme ie t'ay dit,
Vn damas assez fort d'or & d'argent roidit.

    Le F. Ie voy clair maintenant & comprends le mystere.

    Le P. Modere donc ton feu : ne sois pas si seuere,
Contre cét innocent qui ne se bouge pas,
Et qui souffre sur soy toute sorte de draps.
Lors qu'il est mis en acte il faut que tout remuë,
Autrement sa posture est tousiours maintenuë.
¶ Apres vn homme vif on ne peut rien finir
Il bransle à tout moment & ne peut pas tenir.

    Le F. Ie l'aduouë il est graue & fait bien l'estoïque,
Mais comme proceder pour imiter l'antique,
Qui fait sous les habits paroistre le corps nû ;
Certes c'est vn secret qui ne m'est point connu,

    Le P. En effet ce secret ne se doit pas escrire,
Il fait nostre Cabale & suffit de le dire,
De bouche à son amy comme autrefois ie fis,
Et le pere le doit conseruer pour son fils,
Mesme le luy cacher s'il voit que la ieunesse
Le laisse encor agir auec trop de foiblesse.
Par luy tu connoistras ce qui t'est inconnu
Et comme sous le Linge il faut marquer le nû,
Par luy ie t'aprendray d'vne ruse sçauante.

A peindre apres nature vn'escharpe volante.
C'est assez pour vn coup ; car cét homme de bois
Pourroit sans prendre peine affoiblir trop ma voix.
Le Tableau du Poussin ou bien sa draperie
Auoit ouuert ma vaine auec trop de furie;
Et quoy que les effets d'vn tel raisonnement
Ayent la mesme fin que ceux du mouuement,
Il nous faut pourtant suiure vne plus noble flame,
Et sonder vn peu mieux les passions de l'ame.
Pour faire vn prompt chemin sur cette vaste mer
Ce n'est pas tout, mon fils, que de pouuoir ramer,
Il faut sçauoir l'effet des cordes & des voiles
Auoir vn bon vaisseau, connoistre les estoiles.
Le selpetre & le bronze aiustez aux Sabords
Doiuent des ennemis empescher les abords,
Et pour mieux nauiger se retirer des fautes
Où sont mesme tombez des fameux Argonautes.
   Le F. *Quel sera ce nauire, & quels les matelots
Qui pourront surmonter l'Ocean & ses flots.*
   Le P. Lomasse est le Pilote & son diuin ouurage,
La nauire qui va sans crainte de l'orage.
Sous vn tel conducteur nous sommes asseurez
Que nous surmonterons les seillons azurez.
Là tu verras pourquoy l'homme est prompt & colere
Que les riches d'honneur ont eu l'Astre solaire,
Ceux qui viennent des Roys sortis des plus bas lieux
Doiuent leur Diademe au plus puissant des Dieux.
Que les grands voyageurs propres à toutes choses
Par le meurtrier Argus font cent metamorphoses.
Que ceux de qui les yeux exercent des larcins

28
Que les *
qualites
Elementai-
res predo-
minent aux
corps.

Et qui font dans nos cœurs d'aimables assassins,
Employant leurs attraicts, leurs beautés & leurs flames
Pour posseder nos corps & captiuer nos ames,
Lyans nos libertez par d'inuisibles nœuds
Ont tiré tant d'apas de la belle Venus.
Que ceux de qui l'humeur est sombre & taciturne
Sont nez sous l'ascendant du refroigné Saturne :
Et que finalement le Globe qui reluit :
Et semble vn clair Soleil au milieu de la nuit,
Rend les gestes benins, simples, doux, pueriles,
Oublieux, curieux, craintifs, mols, & debiles.
L'homme qui naist sous elle a les yeux presque noirs,
Et pour réuer tout seul cherche des promenoirs.
Sa stature est fort haute & pour sa chair poupine
Mesle à beaucoup de blanc vn peu de Iacquesine.
Et pour te détacher des jeunes apprentis
Fais ses muscles flouets & non trop Ressentis.
C'est en ce beau traité sans autre Academie
Que l'on se rend sçauant en Phisionomie,
Les coloris des chairs, les inégalités
Qui des quatre Elemens tirent leurs qualités.
Car selon que le feu predomine la terre
L'homme est fort, courageux, grand amy de la guerre :
Lors que le feu, la terre, & l'onde cede à l'air,
Il est tres inconstant & se plait à voler.
Si la terre, la flâme & l'air font place à l'onde,
Il est doux, charitable, obigeant tout le monde.
En vn mot si la terre est plus forte que tous,
Il est sombre, pesant, palissant de courroux.
Or selon leur mestange ils varient la mine.

La couleur approchant l'Element qui domine,
Si bien que nous voyons, par la diuersité,
La nature augmenter du monde la beauté.
Là pour vn bel exemple à la Melancolie
Il represente Adam tombé dans la folie,
De chocquer l'Eternel en son commandement,
Il le descrit pensif, resuant profondement :
Et pour que sa tristesse en soit beaucoup plus forte
La cause de son mal, dans son mal-heur l'escorte,
Tous deux les yeux baissez dans le creux d'vn rocher
Sont couuerts de Rameaux, esperans se cacher,
A cét œil penetrant à qui rien ne se cache
Qui voit, qui connoist tout & n'est rien qu'il ne sçache,
Adam tient sous son Chef la paulme de sa main,
Eue de deux ruisseaux arrouse son beau sein,
Et leur visage pasle à bon droit fait connoistre
Qu'ils ont choqué cét Estre à qui tout doit son Estre.
Pour nous representer auec fidellité
Les gestes expressifs de la timidité,
Les Apostres sans cœur doiuent entrer en lice
Alors que leur bon Maistre est conduit au supplice
Quoy, Pierre vous fuyez, deuriez vous estre las ?
Pour auoir fait vn coup de vostre coutelas,
Faut-il qu'au seul discours d'vne simple chambriere?
Vostre cœur lachement recule & tourne arriere ?
On a beau luy parler il tremble & sort dehors,
Et laisse à l'abandon, le plus grand des tresors;
Il a perdu son glaiue & desormais pour armes
Il n'a que les sanglots, les souspirs, & les larmes.
Dans le mesme Chapitre il nous peint le courroux

29.
Pour Peindre la Me-
lancholie.

16.
La Timidi-
té.

Qui se trouue aisément aux hommes de poil roux,

Le courrou.   Cét Image de feu dont leur teste est couuerte

Souuent par trop d'ardeur precipite leur perte.

La Colere obstinée augmente encor son mal

Rendant son sein de roche, & son esprit brutal;

C'est elle qui produit facilement la rage

La colere &   Qui sans aucun respect meurtrit, massacre, outrage;

la cruauté.   Pour elle les cordeaux, le poignard, le poison,

Et le feu deuorant sont toûjours de saison,

Rien ne peut resister si sa force est esgale

A ce que luy promet sa passion brutale.

Les gestes alterez de cette passion

Esclatent plus aux Iuifs pendant la Passion:

Quand à grands coups de foüets, de verges & courroyes

Ils font sortir le sang par de nouuelles voyes

Du Corps de mon SAVVEVR, qui d'vn traict de ses yeux

Eust desarmé l'Enfer, & la terre & les Cieux,

Pourtant ces fiers bourreaux nulle douceur ne touche

Ils employent les bras, & la langue & la bouche

Pour deschirer ce Corps par des chaisnes de fer

Portant au Paradis les peines de l'Enfer;

Apres auoir percé de poignantes espines

Son crane, ils vont charger ses espaules diuines

D'vne pesante Croix, en qui l'autheur du Ciel

Pour breuuage il reçoit de l'Absinte & du fiel.

Icy le Peintre adroit ses figures anime,

Et contre IESVS-CHRIST ces Tygres enuenime;

Celuy qui le frappa d'vn gantelet d'acier

Doit auoir le regard espouuantable & fier,

Son nez doit estre large & sa leure fort grosse

Son busc court & trappu, doit porter vne bosse.
    Le F. Monsieur permettez-moy, de dire, s'il vous plait,
Qu'estant court il n'eust peu luy bailler le soufflet :
Le defaut seroit grand quant à la portraiture ;
Puis que IESVS estoit d'vne riche Stature.
    Le P. Ie ne loüe pas peu cette reflection !
Mais pour faire exercer cette noire action,
Il faut que le Saueur au deuant de Cayphe :
(Qui de rage emporté ses vestemens debiffe)
Le visage sanglant soit peint presqu' à genoux.
Et deslors il sera disposé pour tels coups.
    Le Duret connoissant que le plus grand visage
De cette passion dépendoit du visage :
A fait celuy du Christ, triste, constant & doux,
Pour mieux faire esclater, la rage & le courroux
Sur ceux des cruels Iuifs, qui restraignant les levres
Font tendre tous leurs nerfs, & plier leurs 9 vertebres
Leur face est altérée en sa tranquillité,
Ses parties n'ayant aucune égalité.
Ce defaut naturel s'augmente, & se renforce
Par cette passion qui rend leur bouche torce :
Bouche qui sert de source à des sales crachats,
Leurs yeux my-jaune & verds, ressemblent ceux des chats :
Leur front pour ornement est chargé de verruës,
Ils hurlent comme loups, criant parmy les ruës,
Qu'il meure sur la Croix & cét iniuste accent
Ne se peut appaiser qu'au sang de l'innocent.
L'Armeure & les habits sont aussi ridicules,
La roüille en mille endroits leur fait mille fistules :
Le peu d'or qui paroist sur leur casque emplumé

Par la dent de Saturne eſt preſque conſumé.
    La Peſte des humáins, le fleau des belles ames,
Que ſource on peut nommer de tous actes infâmes :
L'Auarice fatale aux grandes actions
Qui bouche le conduit des nobles fonctions ;
A ſon venin ſi froid qu'il fait geſler la flamme
Qu'vn Mary doit auoir pour ſes fils & ſa femme,
Les enfans pour leur pere, ainſi contre l'eſpoux
La femme ſe renuerſe, & fait des mauuais coups ;
Puiſque tandis qu'il eſt en des penſees mornes
Elle ſe réjoüit au delà de ſes bornes :
Et pour quelques eſcus où le Soleil reluit
Commet en plein midy le crime de la nuit.
    Les Vſuriers, gelés, rétraincts, melancoliques
Propres à mettre au iour des traicts diaboliques ;
Iniurient les Dieux ſi la chaude ſaiſon
Nous apporte des grains, & des vins à foyſon ;
Et ſouuent il s'eſt veu que l'excez de l'enuie
De voir trop viure autruy leur a couſté la vie,
Tel fut cét inhumain, cét auare maudit,
Qui voyant trop de grains luy meſme ſe pendit ;
Il creuſa de ſes mains ſa propre ſepulture
Precipitant les droits qu'on paye à la Nature,
Et n'euſt autre regret ſur le point de perir
Que de laiſſer les biens qui le deuoient nourrir,
Leurs geſtes ſont ſerrez, froids, mornes, ſolitaires,
S'ils preſtent quatre eſcus il leur faut ſix Notaires,
Au ſein de l'opulence ils ſont pis qu'en Enfer
Puis qu'ils cachent leur or dans des coffres de fer.
Ce Soleil de la terre eſt en telle poſture,

                                        Qu'il

Qu'il ne peut esclairer en sa prison obscure :
Son soubçonneux Geolier le voyant radieux
Craint qu'il veüille imiter son pere dans les Cieux,
Qui sans iamais cesser fait par sa course ronde
De ses benins rayons du bien à tout le monde ;
Et comme vn Criminel noircy d'assassinats
Il l'enserre auec soin sous trente cadenats.

  Pour despeindre vn Auare en sa lasche posture,
Vn viel trousseau de clefs doit pendre à sa ceinture :
Quelques papiers de l'autre, & selon mon aduis,
Il ne le faut couurir que de chetifs habits,
Repetassez, vsez, faits à la vieille mode ;
D'autant que la nouuelle vn auare incommode.
Seul la nuict à la lampe auec attention,
Il doit examiner quelqu'obligation :
Sur la difficulté des principaux articles,
Dessus son nez crochu qu'il pose ses bezicles ;
Tousiours le poing serré comme s'il auoit froid,
Ou s'il l'ouure par fois qu'on voye sous son doigt
Quelque piece d'argent, en vn mot que sa mine
Fasse voir qu'il l'admire, ou bien qu'il l'examine,
Iosué, qui fit tant, ne fit rien de pareil,
Encor qu'il suspendit trois heures le Soleil :
Ce grand Heros des Iuifs n'arresta que sa course,
Mais l'Auare à minuit en sort cent de sa bourse.
Tels gestes (mon Pader) doiuent estre exprimez,
En Cressus, en Midas d'Auarice opprimez,
Midas qui non content du Royal Diademe
Trouua dans sa richesse vne misere extrême :
Accumulant sans fin tresor dessus tresor

34
Portraict d'-
vn Vsurier.

G

Il faillit à mourir ne pouuant viure d'or.
En Tantale inhumain, alors qu'au lieu de viandes
Il fit cuire son fils dans des sauces friandes,
Ioignant vn plus grand crime à cét acte odieux
Lors qu'il le fit seruir pour regaler les Dieux,
Pareilles lascheté doiuent paroistre encore
A l'auare meurtrier du Prince Polidore,
Qui violant tous droits de l'hospitalité
Fit vn fidelle exemple à l'infidellité,
    Voyons le paresseux froid, stupide, immobile,
Rustre, mol, feneant, pour soy mesme inhabile:
S'il chemine tout tremble & marque par ses pas
Qu'il a du plom au pieds, ou bien qu'il est fort las.
    La bourrelle des cœurs, le fleau de cette vie
Qui meurt sans rendre l'ame estant tousiours En-vie,
Mord de rage sa leure & frônçant les sourcis
Fait concentrer ses nerfs & les rend racourcis.
Elle grince les dents & sa douleur extréme
Fait qu'elle se détruit & se ronge elle mesme:
Son poison est si fort qu'il fait tout à la fois.
Du mal aux Innocents, aux Laboureurs, aux Roys;
Iamais le bien d'autruy ne la rendist charmée,
Iamais des gens d'honneur elle ne fut aymée,
Le bien de son voisin à ses yeux importun
De tant de bons moments n'en a pour elle aucun:
Loin de la diuertir il la tient en haleine
Et sa prosperité fait augmenter sa peine,
Maigre, défigurée & pleine de dégoust,
Tousiours l'oreille au guet afin d'entendre tout:
La pourpre l'incommode & le sceptre l'égare.

35
D'vn paresseux

36
D'vn Enuieux.

En vn mot son venin s'épend sur la Tyarre :
Les gestes de Caïn sans doute furent tels ,
Lors que du sang du iuste il soüilla les Autels ;
Il doit mordre son doigt pour denoter son crime,
Et témoigner qu'il veut son frere pour victime ,
Ce frere sans ayeul , cét innocent agneau
Qui vit son propre sang son iuge & son bourreau :
Qui pour auoir bien fait eut la derniere peine,
Et les sanglans effets de la premiere haine ;
   Mais passons de l'envie à la Rusticité
Qui fait voir aisement son incapacité ;
Pour rendre ce qu'on doit à la vertu Ciuile,
Et ce qui se practique en vne grande Ville.
Ses actes lourds , grossiers , incommodes , pesants,
Se trouuent d'ordinaire aux rudes païsants ,
Aux lourdaux laboureurs qui traisnent les charruës ,
Comme ces gros coquins qui nettoient les ruës.
Pour chaussure à la mode il leur faut vn sabot ,
Autrement on dira que le Peintre est vn sot.
A quoy bon , en effet, mettre dans la iustesse
Le porte faix qui n'eust iamais de politesse :
C'est manquer de bon sens de vouloir appliquer
A l'asne lourd & mol vne selle à picquer.
L'importun , impudent , sans nul respect s'emporte.
Il bat à tous momens du marteau nostre porte :
Au leuer , au coucher & pendant le repas
Cette mouche insolente est au tour de nos pas ;
D'vn jargon ennuyeux sa langue nous enteste
Il prie sans relache & iamais ne s'arreste !
Et quoy dit-il (Monsieur) pourriez vous voir ranir

37.
D'vn Rusti-
que inciuil.

38
D'vn impor-
tun.

G 2

Mon bien iniuſtement ſans me vouloir ſeruir ?
Le traiſtre qui m'enléue auiourd'huy ma fortune,
Fait à mon grand regret que ie vous importune.
Monſieur ſecourez-moy pourſuiuez ce voleur,
Mais l'affaire qui preſſe a beſoin de chaleur ?
Ne vous endormez point, Monſieur ie vous coniure:
Que voſtre zele eſclatte à vanger mon iniure ;
Laiſſez ce rare exemple à la poſterité.
Les peuples loüeront voſtre ſincerité.
Déjà tant de longueur fait qu'il s'eſcandaliſe
Vn des grands de la Cour meſme s'en formaliſe ?
Faites faites Monſieur, vn coup d'homme d'honneur,
Rabrouez, reiettez vn flateur ſuborneur.
Qui veut par ſon diſcours, en deguiſant le vice,
Par vn iniuſte effet peruertir la Iuſtice.
Ie ſçay de bonne part qu'il vous a mal-inſtruit,
Renuerſant mon affaire, & de bouche & d'eſcrit :
Mais i'eſpere bien-toſt vous expoſer en veuë
La fraude auec ſon maſque, & la verité nuë.
C'eſt aſſez ie pourrois d'vn prolixe entretien
Deuenir importun deſcriuant le maintien,
D'vn cauſeur ennuyeux qui ſans aucun relaſche,
Preſſe, ſuit, perſecute, & iamais ne relaſche.
     Le F. Iamais vn tel diſcours ne m'incommoderoit
Iamais cét importun ne m'inportuneroit:
Et ſi de pareils mots il dreſſoit ſa requeſte
Ie ne dirois iamais qu'il me rompit la teſte ;
Que la langue a d'attraits, & que ſon mouuement
Frapant l'air dans la bouche eſt vn rare inſtrument ;
Le Luth nous fait dormir, & la langue, ô merueille !

Fait réueiller nostre ame alors qu'elle sommeille.
    Le P. C'est le Ruisseau fecond tant des biens que des maux,
Qui fait adroitement passer le vray pour faux :
Et puis tout au rebours d'vn eloquent mensonge
Nous vend pour veritez & la fable & le songe,
Laissons-la donc agir puis que ses fonctions
Nous font voir, sans couleurs, toutes les passions.
C'est le pinceau sans poil, la source des volumes,
Qui s'exprime en nos cœurs sans papier & sans plumes :
Elle est foible, & sa force a souuent renuersé
Ce que mille Soldats n'auroient pas terrassé
Miroir de la pensée, interprete des ames !
Qui se pare à bon droit de la couleur des flammes :
Puis que comme la flamme a des traicts bien-faisants,
Et qui mal appliquez se rendent détruisants ;
Renuersant des Palais la superbe structure
Qui trouue dans son sein sa chaude sepulture,
Cuisant d'autre costé ce qui nous entretient,
De mesme elle nous chasse ou soudain nous retient,
Menaßant, Allechant, selon qu'elle s'anime
Alors qu'elle nous louë, ou qu'elle nous reprime.
    Employons donc sa force à faire voir comment
La force d'vn grand Cœur produit son mouuement :
Comme il faut exprimer les Heros de l'Eglise,
Et du vieux Testament, Iacob, Noé, Moyse.
Iamais rien de leger ne doit paroistre en eux,
Ils doiuent mépriser & les fers & les feux :
Puis que des fiers Tirans les plus rudes tempestes
N'ont iamais esbranlé ces genereux Athletes,
Au milieu des tourments qui brisoient tous leurs os

Comme dedans leur couche ils goustoient le repos.
Ainsi sur les charbons comme en vn lit de roses
Sainct Laurens benissoit l'Autheur de toutes choses,
Qui donnant à ces feux d'aimables qualitez,
Modérant leur ardeur, augmentoient leurs clartez;
Afin que ces Payens aperceuans leur crime
Connussent le vray Dieu, d'vne telle victime.
Ainsi sous les cailloux le premier des Martyrs

De la force
de l'Ame.

Preferoit leur rencontre aux baisers des Zephirs;
Et malgré tous les coups des pierres les plus dures
Prioit pour les bourreaux qui faisoient ses blessures,
Ces cruels qui plus durs que les mesmes cailloux
Trouuoient en sa douceur l'objet de leur courroux.
Ainsi le sexe foible en sa force inuincible
Rendit des fiers Tyrans, la rage plus sensible,
Inutile & fatale à ses propres Autheurs
Benissant dans les fers le Seigneur des Seigneurs.
Telle fut Catherine au milieu de ces rouës
Dont les esclats armés ietterent dans les bouës
Les bourreaux preparez pour porter sur son corps,
En luy donnant la mort, l'effroy de mille morts.
   Telle parut Agate alors que les Cizailles
Coupoient les beaux témoins de ses chastes entrailles:
Ces deux freres Iumeaux où iamais le pur sang
Effrayé du peché de rouge ne vint blanc.
   De mesme Appolonie, Elle parut rauie
De passer par sa mort à l'Autheur de la vie:
Ces petits instrumens d'iuoire, destinés
Pour maintenir nos corps lors que nous sommes nés,
Luy furent arrachez, ô l'étrange aduenture

Ceux qui la nourriſſoient firent ſa ſepulture.
Mais, de tous les tourments, le tourment le plus fort
Surpaſſant des martyrs la plus cruelle mort,
C'eſt celuy de IESVS, c'eſt celuy de MARIE
Quand les Iuifs déchargeans leur haine, & leur furie
Sur la Mere & le Fils attachoient à la fois
Et le cœur de la Vierge & IESVS ſur la Croix:
Il n'eſt point de ſuiet qui ſoit plus ordinaire,
Bien que nous n'ayons rien ſi difficile à faire
Tous font des Crucifix, mais ce n'eſt pas ſouuent
Qu'on voit briller en eux l'air d'vn Pinceau ſçauant.
Mille Peintres groſſiers, ô choſe pitoyable!
Peignent Dieu comme vn gueux d'vne mine effroyable?
Luy font grincer les dents comme vn deſeſperé,
Rendant ſouuent le Chef de ſon Buſt ſeparé:
Eſtropiant ſon corps & croyant de bien faire
Le font plus démembré qu'il ne fut au Caluaire.
D'autres à l'oppoſite employent leurs couleurs,
Non à l'expreſſion des cruelles douleurs
Mais pour le bien polir font leur derniere preuue
Comme ſi ſur la Croix il ſortoit d'vn eſtuue
　　Le F. Puis que le Crucifix nous inuite à mourir
Et que par ſon exemple vn Chreſtien doit ſouffrir
Ces Peintres quoy que ſots meritent la couronne;
Veu que leur vain trauail tant de peine nous donne.
　　Le P. En effet tels obiets me font ſeigner le cœur,
Ie ſouffre en les voyant; mais le deſpit vainqueur
Changeant en peu de temps l'ordre d'vn tel martyre
Par vn iuſte mépris, le finit par le rire:
Outre que cét obiet qui doit ſeruir à tous

Rendant moite nostre œil, flechiſſant nos genoux;
Bien loin de nous toucher, nous delecte & nous flate
Abuſant le commun par ſa peinture plate;
Ainſi mal à propos loing des viues douleurs
On n'y voit que le blanc & les belles couleurs.

Il faut donc que le Christ d'vne ſaincte conſtance
Faſſe voir en mourant vne belle ſouffrance,
Que meſme en expirant on voye tout ſon corps
Exempt des mouuements que font les autres morts.
La Vierge (ce grand cœur) au milieu des eſpines
Doit paroiſtre à bon droict Reyne des Heroïnes:
Conſtante en ſa douleur, le viſage affligé
Ny trop ieune & poupin, non plus que trop âgé:
GVIDE conduis nos pas, & noſtre main timide,
Ne ſçauroit s'egarer te choiſiſſant pour Guide.
On ne ſçauroit faillir (aſſeure toy mon fils)
Imitant ce grand homms en ſon beau Crucifix:
Ie n'ay iamais eu l'heur d'en voir que les copies
Qui rendirent pourtant mes prunelles remplies;
Tant d'admiration & de contentement,
Que ie perdis la voix en ce rauiſſement:
Sur la vierge mes yeux vn long-temps ſe collerent,
Et puis deſſus le Christ mes regards s'enuolerent.
Sa teſte de la mienne enleua les eſprits,
Ie vis par le pinçeau ce que tous les eſcrits,
Ne ſçauroient exprimer & que dans les eſcoles,
L'on n'expliqua iamais par des belles paroles.
Ie vis dans le Tableau de ce Peintre parfait
Ce que iamais pinceau n'auoit encore fait,
Auſſi peignant le Christ ſa fortune fut telle

Qu'il

Qu'il acquit par sa mort vne gloire immortelle.

L'Historien fameux qui fit voir en tout lieu
Qu'il estoit le parfaict & grand amy de Dieu :
Dont le beau front iettoit deux sources lumineuses
De qui les actions toûjours prodigieuses,
Renuerserent la Cour du puissant Pharaon,
Déliurant les Hebreux & leur Pontife Aaron :
Ce grand Homme d'Estat, qui sous la vile estoffe
D'vn Pasteur, eut l'esprit d'vn sçauant Philosophe :
Ce begayeur disert, ce grand Legislateur,
Du Peuple Circoncis le parfait Conducteur :
Ce vigoureux Soldat, ce profond Astrologue
Auec qui l'Eternel fit vn sainct Dialogue ;
M O Y S E doit toûsiours par sa graue action
Donner à nos esprits de l'admiration :
Que son geste soit ferme, & que sur son visage
On remarque les traicts d'vn si grand personnage ;
Plustot morne & plongé dans vn penser profond ;
Que de le faire rire en ieune Vagabond.
Ainsi doit-on tracer, & les corps, & les testes
Des Sages, des Prudents, & des autres Prophetes.

  Le F. Mais comment proceder pour la force du corps ?
Le P. Qu'elle doit faire voir de terribles efforts,
Hardis, fiers, surprenants, à tel point que personne
N'y puisse porter l'œil, sans qu'on ne s'en estonne.
  Le F. Et leur proportion.

          Le P. Lomasse l'a descrit
Au Chapitre septiesme auec son bel esprit :
Cette Force du corps iointe à celle de l'ame
Parut eminemment au genereux Pergame.

40

Pour la gra-
uité des
Prophetes.

41

Pour la for-
ce du corps.

H

Achille en eut beaucoup, Ajax, Hercule encor:
Et nostre Roy François en eust plus qu'vn Hector:
Tempeste l'exprima, lors que deſſus Pauie
Il deffendit l'honneur au peril de ſa vie;
Sous luy ſon cheual mort, le nud fer en ſa main
Couuroit tout à l'entour de corps morts le terrain.

Les vrais hommes d'honneur dont la parole eſt telle,
Qu'elle eſt inuiolable & ſe rend immortelle;
Ont leurs geſtes reglés, purs, libres, & ſans fard:
L'Art de leur procedure eſt de parler ſans Art:
Leur ame dans leur ſein comme en ſa fortereſſe
Ne s'emporte ou s'échape, & iamais ne s'abaiſſe.
Iamais de ſots flateurs ils ne font l'action
Et portent ſur leur front leur cœur ſans fiction.

Tel fut l'amy de Dieu qui ſe ſauua dans l'Arche.
Tel du vieux Teſtament le premier Patriarche.
Tels parmy les Gentils Polinice & Didon,
Et d'autres que le Ciel honnora d'vn tel don.

Le Iuſte, qui n'eſt né, que pour perdre les Vices,
Se recueille en ſoy-meſme, & n'a point de caprices.
Il le faut peindre ferme, & qu'au plus grand peril
Il porte ſur ſon front vn courage viril,
Qu'il n'ait rien de leger, de mol, foible & docile,
Et les autres effets d'vn eſprit trop facile;
Equitable en tout lieu, cherchant la verité
Il doit peſer la Grace, & la Seuerité.
Pour rendre de ſon cœur le courage inflexible
Aux traicts de la faueur il doit eſtre inſenſible,
Et pour mieux conſeruer ce precieux threſor,
Plus fin que Danaé, fuir de la pluye d'or.

42
Pour les
hommes
couſtants

43
Pour les
hommes
equitables,

Nos ayeux autrefois peignirent la Iuſtice
L'eſpée en vne main, pour chaſtier le vice ;
Quatre oreilles au front afin de mieux oüir ;
Les bras longs pour tenir ceux qui veulent s'enfuir.
    Mais vn moderne accort luy fit le nez de cire,
Qui d'vne main d'argent ſe laiſſe mal conduire ;
On voit que ſes effets ſont ſouuent peruertis :
Le droiɛt eſt pour les Grands, le tort pour les Petits.
Ce n'eſt pas qu'en eſſence elle ſoit débauchée ;
Mais c'eſt qu'vn fourbe Amant ſupplante Mardochée ;
Quoy que le meſme Amant tombe en fin en deffaut,
Eſleuant pour ſoy-meſme vn tragique eſchafaut :
Et trouue en la grandeur, qui faiſoit ſes delices,
Dedans la fauſſe pompe vn torrent de ſupplices.
Cette haute vertu paroiſt eminemment
Au viſage du Chriſt *du dernier Iugement,*
Peint dans le Vatican *par ce prodige eſtrange,*
Qui pour ſon grand ſçauoir fut nommé Michelange.
Là l'on voit tout à coup Dieu *dans ſa Maieſté*
Diſtribuer la grace, & la ſeuerité :
Son viſage aux peruers preſente ſa colere,
Et doux promet aux bons ſon ſein pour leur ſalaire.
    Or voyons maintenant comme par l'aɛtion
Le deuot doit paroiſtre en ſa Deuotion.
Ie ne te parle pas de ceux de l'Euangile,
Tu les vois tous les iours ; mais de ceux que Virgile
Deſcrit dans ces beaux vers, quand Anchiſe *eſtonné*
D'Iule voit le chef de flamme enuironné :
Et lorſque pour Didon Yarbe en ſa colere
Adreſſe ſa requeſte à Iupiter ſon pere.

Pour prier donc ces Dieux, selon qu'il dit, il faut
Que tels deuotieux leuent les mains en haut :
Pour adoucir des flots la tempeste importune,
Ils les doiuent tourner vers l'inconstant Neptune :
Pour inuoquer Pluton, & les Dieux sousterrains,
A genoux dans la fosse ils mettront pieds, & mains.
Et pour auoir la paix, le General d'Armée
Doit hausser sa main droite, & nuë, & desarmée.
Ce que plus amplement, si le Peintre est lecteur,
Pourra voir dans les vers de ce celebre Autheur.
Passons de ces Gentils aux anciens Prophetes
Et nous verrons d'abord leurs venerables testes
S'incliner iusqu'à terre à l'abord des beaux yeux,
Qui font pallir l'esclat du Soleil dans les Cieux :
Quiconque en doutera, dans les saincts Cayers lise
Les gestes d'Abraham, auec ceux de Moyse.
    Le F. Voila bien de leçons pour la deuotion.
    Le P. Encor faut-il sçauoir selon la nation,
Faire la difference, à tel point que l'histoire
S'accordant aux Pinceaux en augmente la gloire :
Car parmy les Gentils les Prestres Corimbans
Adoroient leur Cibele au son de leur Tympans.
Les Saliques Armés (voy leur mauuaise grace)
Sautoient chargés de fer pour le Dieu de la Thrace.
Mais ceux de Meroë pour sages reconnus
Estoient encor plus fols, puis qu'ils prioient tous nus.
Nos Druides prioient autrement dans les Gaules.
Les Turcs à Mahomet vont tournant les espaules.
Ainsi selon les lieux, & les occasions,
Il nous faut varier pour les deuotions.

45
Selon les
lieux & les
coustumes
des Anciés.

Où vas-tu parle donc?
						Le F. L'on heurte ce me semble.
	Le P. Garde toy bien d'ouurir, s'ils sont plusieurs ensemble.
Et sur tout si c'estoit ce grand Docteur croté,
Qui voudroit voir d'abord l'vn, & l'autre costé
Sur vne toille vnie : ô quelle grosse beste !
Qui mesure les corps au compas de sa teste,
Il parle incessamment, & ne dit rien de bon,
Quoy que de vers Latins il pare son jargon,
Estançonnant ses Dits de Sentences moisies,
Qu'il a des vieux Gaulois auec peine choisies.
	Le F. Il croit d'y bien entendre.
						Le P. On heurte va donc voir.
	Le F. Et si c'est l'Aristote à l'eminent sçauoir?
	Le P. Respons qu'il ne se peut, & que i'ay tant affaire,
Qu'en le laissant monter tu me pourrois déplaire.
	Le F. Et s'il presse?
					Le P. Dis luy hardiment, & tout net,
Que ie suis enfermé dedans mon Cabinet.
	Le F. Si ce sont vos Amis, Medor, Alcandre, Asmire?
	Le P. Dis leur que sur mon cœur ils ont vn tel empire,
Qu'ils peuuent tous chez moy, soit de iour, soit de nuit;
Sçachant que pas vn d'eux à mon bon-heur ne nuit;
Que veillant pour mon bien, & poussant ma fortune,
Leur visite iamais ne peut m'estre importune.

Fin de la premiere Partie.

LETTRE.

DE
MONSIEVR
LE POVSSIN,
PREMIER PEINTRE
DV ROY,
AV SIEVR PADER.

MONSIEVR,

Il y a peu de iours que ie receus vn pacquet que vous m'auez enuoyé de Monaco ; L'on me l'a rendu tard, d'autant (comme ie pense) que procedant en toutes mes operations, tout doucement & à l'aise ; ie suis peu connu du Maistre des Postes : apres en auoir fait l'ouuerture, & leu les vers de vôtre Peinture parlante, ie me suis trouué vostre obligé en di-

uer ſes façons; La premiere à vous remercier de la memoire,
que vous auez eu de moy en diuers temps, & lieux , d'où il
vous a pleu mécrire des Lettres qui ne m'ont pas eſté renduës,
car ie n'aurois pas manqué d'y reſpondre à l'heure meſme. La
ſeconde eſt de l'honneur que vous m'auez fait d'inſerer mon
nom dans voſtre ouurage de Poëſie, quoy que vous m'euſſiez
d'auantage obligé d'en parler vn peu plus baſſement, & ſelon
mon peu de merite : ie le reconnois pour vn effet de la bonne
volonté que vous auez pour moy , dont ie vous ſuis infini-
ment redeuable. Il ne faut pas que vous vous incommodiés
pour m'enuoyer les autres parties de voſtre Poëſie, l'on iuge
bien du Lyon par l'ongle.

Ie n'ay pas encore fait voir la piece que vous m'auez en-
uoyée, ie la reſerue pour quelqu'vn qui en ſçaura gouſter la
beauté; Ce n'eſt pas le gibier des Peintres mediocres , ce ſe-
roit ſemer des perles deuant les porcs, que de leur preſenter
voſtre Liure pour le lire.

Au demeurant ie ſuis bien marri de ne vous pouuoir enuoyer reciproquement quelque choſe du mien, côme vous le de-
ſirés, l'on n'a rien graué de mes ouurages, dont ie ne ſuis pas
beaucoup faché : Regardés cependant ſi ie vous puis ſeruir en
quelque autre choſe, & commandés celuy qui eſt de tout ſon
cœur,

MONSIEVR,

A Rome
le 30. Ianuier 1654.

Voſtre tres-humble & tres-
affectionné ſeruiteur ,
LE POVSSIN.